잃어버린 개념을 찾아서

잃어버린 개념을 찾아서

10대를 위한 SF 단편집

박상준 엮음

김보영 | 듀 나 | 박성환 | 배명훈
송경아 | 이지문 | 이 현 | 정소연

창비

차 례

김보영

마지막 늑대

❋ 씨는 어떻게 해서 또 애완동물을 놓치게 된 것인지 알 수가 없었다. 우리의 자물쇠도 부서지지 않은 채였고, 열쇠도 얌전히 자신의 주머니에 들어 있었다. 연기로 변해 창살 사이로 빠져나가기라도 한 것일까, 아니면 열쇠를 훔쳐 자물쇠를 딴 다음 얌전히 원상태로 돌려놓고 나가기라도 했단 말인가. 그는 당혹감에 빠져 코를 긁적이다가, "세상에는 과학적으로 설명이 안 되는 일도 있는 법이지." 하고 중얼거리고는 느긋하게 집으로 돌아갔다. 배가 고프면 돌아오겠지, 제까짓 게 어딜 가겠는가. 그래도 그는 이번에 녀석이 돌아오면 따끔하게 혼을 내서, 다시는 이런 일이 없도록 해야겠다고 다짐했다.

*

나는 문득 걸음을 멈추고 서녘 하늘을 응시했다. 내 발을 따라 질
주하던 시간이 뒤꽁무니에 부딪쳐 멈춰 섰다. 해 그림자가 반대쪽
지평선까지 어스름하게 덮여 있었다. 짙게 깔린 구름에 산란한 태
양빛으로 하늘이 온통 타는 듯이 붉었다. 내가 시선을 두고 있는 사
이에 서녘 하늘은 황금빛으로 빛나다가 짙은 코발트빛으로 물들기
시작했고, 숨어 있던 별들이 하나 둘 모습을 드러내기 시작했다.

그들은 이 풍경을 보지 못한다.

거리는 적막에 잠겨 있었고, 내 거친 숨소리만이 천지 사방에 구
슬프게 몰아치고 있었다. 나처럼 허약한 생물의 체력이 어디 가는
것이 아닌지라, 고작 한 시간여를 달리고 난 내 폐는 처참할 정도로
울부짖고 있었다.

그들은 이 소리를 듣지 못한다.

"그들은 이 소리를 듣지 못한다."

나는 중얼거렸다. 입에서 뱉어진 말은 힘을 가진다. 내가 앞으로
지껄일 말을 이미 오래전부터 머릿속으로 되뇌고 있었다고 해도,
입으로 뱉고 난 후에는 모든 것이 변한다. 그 말을 중얼거린 순간,
나는 돌이킬 수 없는 지점을 지나버렸음을 깨달았다. 나는 이제 다
시는 되돌아가지 않을 것이다.

나는 쉬고 싶은 유혹을 뿌리치고 달리기 시작했다. 음식물 쓰레기로 온통 목욕을 하고 난 뒤였지만, 주인의 코를 속일 수 있으리라는 보장이 없었다. 주인은 마음만 먹으면 수십 킬로미터 내에서도 내 위치를 알아낼 수가 있다. 내 몸에 묻은 쓰레기가 누구네 집에서 나온 것이며 그 음식물에 들어간 재료는 누구네 밭에서 재배된 것인지까지 집 안에 앉은 채로 알아낼 수가 있다.

나는 그런 것을 알지 못한다.

나는 집과 집 사이의 골목을 뛰어다녔다. 골목이라고 해도 우리처럼 작은 생물에게는 광장이나 다를 바 없다. 집은 산맥과 같고 하수구는 강줄기와도 같다. 창가에 앉아 졸고 있던 점박이가 내가 지나가는 소리에 놀라 일어났다가, 흥미를 잃은 듯 다시 누웠다. 그의 귀는 길게 늘어져 있었고, 전신에는 크기가 다른 검은 반점이 나 있었다. 사람이 드나들 만한 구멍이 나 있는 어느 집 대문 안쪽에는 흐느적거리는 듯한 긴 목과 사지를 가진 종자가 마당에 길게 누워 있었다. 머리카락이 길게 몸을 덮고 있었고, 몸에 난 털도 길고 풍성해서 전신이 배배 꼬인 실타래처럼 보였다. 창살이 솟은 담장 위로 뭔가가 꾸물거리며 지나가고 있었다. 키가 내 삼 분의 일밖에 되지 않고, 뚱뚱하다 못해 살이 늘어져 거의 팔과 다리가 보이지 않는 종자였다.

"알비, 알비."

담장 위를 지나가던 살덩이가 웃으며 말했다.

"또 가출이야? 오늘은 무슨 임무야? 옛날 책이라도 찾았나?"

알비라는 것은 내 별명이다. 원래는 '알비노'라고 불린다. 색소가 없는 종을 일컫는다. 내 몸은 털빛에서부터 눈썹과 머리카락까지 완전히 흰색이며, 눈만이 혈관을 비춰 붉게 빛나고 있다. 내 종은 꽤 인기가 있어 가게에서 비싸게 팔리는 편이다. 내 하얀 몸이 색맹에 지독히 시력이 나쁜 '그들'의 눈에도 '보이기' 때문이다.

멀리서 지진이 이는 듯이 땅이 울렸다. 나는 벽에 바짝 몸을 붙였다. 몸이 나타나기 전에 긴 코가 어둠 속에서 먼저 모습을 드러내었다. 신축성이 좋은 코가 부드럽게 움직이며 주위를 세밀하게 살폈다. 코가 다 지나가자, 그제야 육중한 몸이 어둠 속에서 모습을 드러내었다. 코가 발에 걸릴 정도로 늘어져 있는 것으로 보아 술에 잔뜩 취한 듯했다. 나는 그가 발을 헛디뎌 내 몸 위로 넘어지지나 않을까 조마조마해하며 그가 지나가기를 기다렸다. 그의 몸이 다 지나간 뒤에도 긴 꼬리가 사라지기까지는 또 오랜 시간이 걸렸다. 내 발밑에서 물웅덩이가 춤추듯 출렁거렸다. 노래라도 부르는 모양이다. 물은 그의 노래를 들을 수 있지만, 나는 듣지 못한다. 나는 그들이 내는 소리의 극히 일부만을 들을 수 있을 뿐이다. 그들이 내 목소리의 극히 일부만을 들을 수 있는 것처럼.

"어이, 알비."

어디선가 들리는 소리에 나는 발을 멈추고 고개를 들었다. 쓰레기통 위에 잡종 한 마리가 앉아서 나를 내려다보고 있었다. 수컷이었다. 올리브빛 피부에 아무렇게나 흘러내린 검은 머리카락, 그리고 검은 눈동자를 하고 있었다. 키는 나와 비슷했지만, 대신 귀가 눈에 띄지 않을 정도로 작았다. 길거리를 떠도는 잡종들은 대개 비슷비슷한 모습과 색을 하고 있다. 내 스승께서 전에 그에 대해 가르침을 주신 적이 있었다.

"종의 분화는 일종의 돌연변이니까."

그는 자신이 알고 있는 것을 가능한 쉽게 가르쳐주려 노력하곤 했다. 하지만 그의 가르침을 모두 이해한다는 것이 말처럼 쉽지는 않았다.

"일반적인 사회에서는 종의 분화가 그렇게 쉽게 일어나지 않아. 너나 나와 같은 사람도 원래는 '종'으로 분류되지 않았어. 그냥 돌연변이나 장애인이라고 했었지. 대개는 자손을 갖지도 못하고 1대에서 끝났을 거야. 사람들 사이에서 배척받았을 거고, 짝을 찾기도 힘들었을 테니까."

그는 내 눈동자와 하얀 피부빛을 가리켰고, 자신의 등을 가리켰다. 그는 꼽추였다. 그는 등이 굽어 있었고, 키는 다른 사람들의 반도 되지 않았다.

"어째서죠?"

내가 물었다.

"다양성보다 동일성을 추구하는 유치한 습성 때문이라고나 할까⋯⋯. 돌연변이는 대개 열성이야. 자손에게 이어지려면 같은 형질을 가진 사람을 만나야 하는데, 그런 건 혈연관계가 없는 사람 사이에서는 찾기 어려운 법이다. 너나 나도 남매나 친척 사이에서 태어났지. 그런 일도 자연 세계에서는 별로 일어나지 않아."

"그것도 유치한 습성인가요?"

스승께서는 그 질문에는 대답하지 않고 말을 이었다.

"잡교배를 하다 보면 종이 분화되기 전의 원래 모습이 나타나게 된다. 만약 모든 동물과 식물을 서로 교접시킨다면⋯⋯ 물론 그런 방법을 찾을 수야 없겠지만, 우리는 이 세계에 존재했던 최초의 생물의 모습으로 돌아갈지도 모르지. 난 잡종일수록 인간의 선조에 가장 가까운 모습을 하고 있을 거라고 생각한다. 물론 그들은 애완동물로는 인기가 없지만⋯⋯. 인간이 지구를 지배하고, 인간의 천적은 존재하지 않았던 시대. 용이 세상에 존재하지 않았던 시절의⋯⋯."

"길이라도 잃었나? 집인간이 왜 이런 시간에 길거리에서 주인도 없이 떠돌고 있어?"

나는 내 몸을 훑어 내리는 눈빛에서 그가 원하는 것을 깨닫고, 등 뒤로 손을 뻗어 머리카락 속에 숨겨둔 작은 칼을 꺼내 들었다. 결이 날카롭게 갈리는 흑요석으로 만든 것이었다. 그것을 본 그는 귀엽다는 듯이 웃었다.

"비싸게 굴지 마."

"난 아기를 낳을 생각이 없어."

"누가 아기를 낳자디? 그냥 잠깐 즐기자는 거야."

"그럼 더 안 돼."

길거리 인간들이 어떤 식으로 교배를 하고 아이를 낳는지 나는 익히 들어 알고 있었다. 하지만 그건 내가 원하는 바가 아니었다. 내가 원하는 것은 한 가지뿐이었다. 그건 좋은 일이었다. 어떤 상황에서든, 무슨 말을 해야 할지 망설일 필요가 없으니까.

"나는 '늑대'를 찾고 있어."

내가 말했다.

"뭔가 아는 것이 있다면 말해줘."

그는 잠깐 나를 내려다보다가 덧붙였다.

"그래야 하는 이유를 모르겠군."

그는 긴 손톱을 세우며 덤벼들 자세를 취했다. 길거리 생활로 다져진 잡종의 잘 발달된 근육이 달빛을 받아 파랗게 빛났다. 그의 검은 머리카락과 눈동자에도 갈색과 푸른색이 섞여 빛을 발하고 있었다.(그들은 그 색을 보지 못한다.) 잡종은 내 머리 위로 뛰어내렸다. 나는 옆으로 피하며 칼을 휘둘렀다. 그는 바람처럼 피하며 벽을 발로 차올랐고, 다시 내게 달려들었다. 나는 다급히 몸을 굴려 피했다. 벽이 등에 와 부딪쳤다.

그가 수컷이라는 사실을 제외하더라도, 신체적 조건이나 싸움 기술, 몸의 움직임, 어느 면에서나 나는 그의 상대가 되지 못했다. 나는 눈을 조금 깔며 잠시 고개를 숙였다. 위급한 상황에서 나는 가끔 그런 짓을 한다. 스승께서는 그것을 '기도'라고 불렀다. 그가 설명해준 개념은 이해하기 어려웠지만, 본능적인 행위라는 정도로만 이해했다.

잡종은 입맛을 다시며 내게로 달려들었다. 내 발이 조금 더디게 움직였고, 그는 그 틈을 놓치지 않고 뒤에서 내 목을 붙잡았다. 그는 익숙한 솜씨로 내 팔을 뒤로 꺾고, 목에 더운 숨을 불어넣으며 속삭였다.

"칼을 놔. 안 그러면 그 귀여운 팔이 부러……."

그는 말을 잇지 못하고 비명을 지르며 팔을 풀었다. 나는 그 순간을 놓치지 않고 그의 몸 위로 넘어졌고, 그를 깔고 앉은 뒤 두 개의 칼을 그의 경동맥 위에 세워놓았다. 발버둥치던 그의 몸에서 힘이 풀려나갔다.

"칼이 두 개였잖아."

그가 억울한 듯이 말했다.

"하나라고 한 적 없어."

"비겁한데."

"수컷이 암컷을 힘으로 공격하는 게 훨씬 더 비겁해."

극도의 긴장으로 숨이 넘어갈 듯했지만, 나는 평정심을 유지하

는 것처럼 보이려고 애썼다. 호신술을 배워두기는 했지만, 실전은
처음이었다. 머리는 안정을 찾고 있었지만 심장이 따라주지 않았
다. 문장은 제대로 나오고 있었지만 말끝이 달달 떨리고 있었다.
이 꼴이어서야 앞으로가 걱정이었다.

"이제 네 목숨은 내 거야. 하지만 내 질문에 성실히 대답한다면
살려줄 수도 있어."

"거래할 수만 있다면야."

"늑대를 찾고 있어. 정보를 원해."

그의 표정이 묘하게 일그러졌다. 그는 '정신 나간 여잔 줄 알았
으면 건드리지 않았는데.' 하는 표정으로 나를 잠시 올려다보았다.

"'늑대'가 뭔지나 알고 하는 이야기야? 설마 진짜 늑대를 찾는 건
아니겠지?"

"오랜 옛날에, 인간의 협약을 어기고 용족에게 끝까지 저항하기
로 맹세했던 자들의 후손. 용족과 관계를 맺지 않고 숲이나 동굴에
숨어 살면서 사냥을 하며 살고 있지. 선조의 모습을 그대로 유지하
고 있고, 아직도 저항을 계속하고 있어. 그들을 이 마을 근처에서
본 사람이 있어."

"너, 원로원 끄나풀이군. 밤마다 노래 부르는 새끼들."

잡종의 표정이 다시 일그러졌다. 이번에는 '원로원 새낀 줄 알았
으면 건드리지 않았어.' 하는 표정이었다.

"어쩐지 집인간치고는 몸놀림이 좋다 했어. 늑대를 찾아서 뭘 할

생각이지? 그래, 원로원에서 네년한테 그들을 처치하라고 지시했군. 내버려 둬도 머지않아 사라져버릴 사람들이야. 이 세상에 그들이 살 수 있는 곳은 이제 거의 남아 있지 않다고. 왜 저딴 괴물들 때문에 우리가 서로 싸워야 하지?"

그가 일어나려고 했고, 나는 손에 힘을 주어 그를 제지했다. 그는 송곳니를 드러내며 말했다.

"협약인지 협잡인지 헛소리하지 마. 용족은 알지도 못하는 일이잖아. 용족에게 귀여움 받는 너희 같은 놈들이야 아쉬울 게 없겠지. 너희처럼 재미있게 생겨서 비싸게 팔리는 놈들이야 하루에 재주만 한 번씩 넘어줘도 일생 먹을 것 걱정 없이 살겠지. 우리 같은 잡종에겐 협약 따위는 아무 의미도 없어."

"그래, 너한텐 아무 의미도 없는 일일 텐데."

나는 칼을 좀 더 깊숙이 박았다. 숨구멍을 압박하기 시작한 듯 그의 낯빛이 변했다.

"알량한 영웅심 부리다 길거리에서 죽는다 해도 슬퍼해줄 사람 하나 없을 텐데. 지금 네 입에서 괜찮은 정보가 나오지 않는다면 네 목숨의 가치는 없어."

여전히 내 말끝은 내 의지와 상관없이 조금은 달달거렸지만, 설득력은 있었던 모양이었다. 그는 숨을 헐떡이며 말했다.

"진정해, 알비."

"날 알비라고 부르지 마. 내겐 이름이 있어."

"말해준 적도 없잖아. 이름이 뭐야? 야, 너 내 이름은 알아?"

그는 억울한 얼굴로 말했다. 나는 대답하는 대신 칼의 위치를 조금 바꾸었다. 그는 파르르 떨었다.

"도, 동대문 지하철역 알지? 선조들의 유적 말이야."

"들어본 적은 있어. 아직 무너지지 않고 남아 있는 유적이라더군. 용족에게 버려진 인간들이 살고 있다는 말도 들었어."

"거기에 그림을 그리는 노망난 늙은이가 머물고 있다는 소문을 들었어. 늑대처럼 보인다더군. 옷을 입고 있고 털이 하나도 없대."

그는 목을 움찔움찔 움직이며 덜 아픈 위치를 찾았다.

"아닐지도 몰라. 그냥 잡종일지도. 잡종 중에는 털이 없는 놈도 간혹 있으니까. 그 노인네가 지하철 벽이나 집 벽에 그림을 그리거나 선언문 같은 걸 쓰고 있다고 하더군. 내가 알고 있는 건 이게 다야."

나는 그에게 고통을 조금 더 주어보았고, 그의 입에서는 더 이상 나오는 말이 없었다.

"*예언자의 말씀은 지하철 벽이나 집 안의 벽에 적혀 있다.*"*

"뭐?"

그가 헐떡이며 물었다. 내가 그 문장에 가락을 섞어 읊조렸던 것

---

* 싸이먼 앤 가펑클의 노래 「The sound of silence」 중에서.("The words of the prophets are written on the subway walls and tenement halls.")

이다.

"별거 아냐. 오래된 전승 같은 거야."

나는 칼을 치우고 몸을 일으켰다. 숨통이 트인 그는 목을 붙잡고 몇 번 구르더니 쓰레기통을 타 넘고 담을 넘어 도망쳤다. 담을 넘기 전에, 그의 시선이 잠시 나를 향했다. 경멸과 불쾌감이 눈에서 뿜어져 나오고 있었다. '원로원의 개. 인간으로서의 존엄성도 자존심도 버린 족속. 인류의 배신자. 역겨운 귀족. 비겁한 패배주의자.' 그의 눈이 한순간에 수백 가지 욕을 퍼부어대고 사라졌다.

내가 몸을 툭툭 털며 일어나자, 어디선가 나지막한 노랫소리가 들려왔다. 스승들의 노래다. 밤이면 어느 집엔가 살고 있는 스승 중 한 사람이 첫 구절을 시작한다. 그러면 그 노래가 집과 집으로 이어지고, 마을 곳곳으로 퍼져 나간다. '인간이 지구를 지배하던 시절'보다 더 오랜 옛날, 문자가 없던 한 원주민 부족이 자신의 역사를 기록하기 위해 썼던 방식을 본뜬 것이라고 한다. 노래는 단조로운 가락을 반복하며, 인류의 역사와 지식을 전한다. 오랜 세월 동안 스승들에 의해 수정되고 다듬어져왔고, 새로운 역사가 생겨나거나 옛 지식이 새로 발견되면 부 하나가 더 붙는다. 노래 하나를 처음부터 끝까지 다 부르기 위해서는 몇 시간이 걸릴 때도 있다. 지금 흐르는 노래는 이렇게 시작하고 있었다.

"이것은 선대가 전하는 신성한 지식이다. 세상을 지배했던 선조들이 전하는 지식이다. 이 노래가 끊어지지 않도록 하라. 노래를 후세에 전하는 의무를 게을리 하지 마라. 전쟁을 멈춰라. 우리보다 위대한 선조들이 모든 방법을 동원하여 그들과 싸웠다. 그리하여 많은 것들이 사라졌다. 그들과 싸워 죽지 말고 그들을 사랑하고 살아남아라. 살아남아 인류의 유전자를 미래에 남겨라. 그것이 우리의 신성한 의무다.

이 노래가 끊어지지 않도록 하라. 노래를 후세에 전하는 의무를 게을리 하지 마라. 이것은 위대한 선지자 뉴턴이 전하는 신성한 법칙이다. 제1법칙, 물체에 힘이 작용하지 않으면 가속도는 변하지 않는다. 이것을 명심하라. 제2법칙, 힘은 질량과 가속도를 곱한 값이며……."

그들은 이 노래를 듣지 못한다.

"생물이 내는 소리라는 것도 악기와 원리가 같다."

스승께서는 밥그릇을 늘어놓고 설명해주었다. 그는 큰 밥그릇에서 나는 둔중하고 낮은 소리와, 작은 밥그릇에서 나는 높은 소리를 들려주었다.

"작은 생물에게서는 높은 소리가 나고 큰 생물에게서는 낮은 소리가 나지. 우리에겐 고래의 노래가 들리지 않지만, 고래들의 노래는 태평양을 횡단하여 지구 반대편까지 흐르지. 낮은 소리는 훨씬 멀리 퍼지거든. 지구 전체가 고래들의 노래로 가득한데도 인간의 귀에는 들리지 않아. 고래는 너무 크고, 그들이 내는 소리는 너무

낮으니까. 개미의 목소리가 우리에게 들리지 않는 것과 마찬가지야. 반대로 개미의 소리는 너무 높으니까……. 인간이 들을 수 있는 소리는 잘해야 20Hz에서 2만 Hz밖에 안 돼. 생물은 모든 높낮이의 소리를 들을 수 있는 귀를 갖고 있지 않아. 그랬다간 시끄러워 살 수가 없을 테니까. 용족도 마찬가지지. 그들은 지구 역사에 존재한 가장 거대한 생물이야. 조류의 뼈와 근육을 쓴다고 해도 육상생물로서는 그게 한계일 거야. 그래서 그들은 고래나 코끼리처럼 초저주파로 대화하지. 그들과 우리는 서로 다른 채널을 쓰는 라디오와 같아. 같은 공간의 다른 영역에서 살고 있는 셈이지. 눈도 마찬가지야."

스승은 잠시 내 코 위에 밥그릇을 엎어놓았다. 그런 상태로 스승의 얼굴을 보자, 밥그릇이 스승의 얼굴 앞에서 흔들리는 것처럼 느껴져 현기증이 났다.

"긴 코나 얼굴을 가진 생물은 뭔가를 보기 위해 초점을 맞출 수가 없어. 그게 가능하려면 두 개의 눈이 앞에 달려 있고, 시야를 가리는 것이 없어야 해. 용족의 눈은 머리 양쪽에 붙어 있지. 전후방 360도를 볼 수 있기는 하지만 간신히 '뭔가가 있다' 정도만 알 수 있을까. 대신 발바닥을 통해 느껴지는 진동을 읽고, 민감한 피부로 자기장의 흐름을 보는 거야. 무엇보다도 그들은 색맹이지, 많은 다른 동물들처럼……."

스승은 말을 끊고, 조금은 동정하는 시선으로 나를 바라보았다.

"설사 그들과 우리가 서로 대화를 나눌 수 있게 된다고 해도, 그들의 지성이 지금보다 더 경이롭게 발전한다고 해도, 그들은 여전히 많은 것을 이해할 수 없을 거다. '색깔'에 관해서도……."

그 말을 듣고 나는 울었다.

동대문역 입구는 우체통 아래 갈라진 틈 밑에 있었다. 용족에게는 땅이 조금 벌어진 공간일 뿐이겠지만 사람은 그 사이로 몸을 통과시킬 수 있었다. 만약 용족이 그 틈을 메워버린다면 이 지하도는 영원히 폐쇄되고, 또 이 세상에서 사라지고 말겠지만, 다행히도 이 지역의 공무원들은 이런 민원 처리에 게으른 편이다.

인간의 보폭에 정확히 맞춰져 있는 낡은 계단이 안쪽으로 이어져 있었다. 그런 계단에 익숙하지 않은 나는 몇 번이나 발을 헛디뎠다. 계단 입구에는 횃불 하나가 빛나고 있었고, 옆에는 횃불을 옮겨 들고 갈 수 있는 횃대가 몇 개 꽂혀 있었다. 사람이 살고 있다는 의미였다.

나는 횃불을 밝히고 안을 더듬어 들어갔다. '지하철 역사는 시민이 이용하는 공공장소이며, 비상시 긴급 피난로입니다.'라고 쓰인 곳을(그들은 이 글씨를 보지 못한다.) 지날 때에 어둠 속에서 무엇인가가 화다닥 움직였다. 내가 횃불을 비추자, 콘크리트 벽 안쪽에 숨어 있던 사람들이 벽에 바짝 붙었다. 전신에 검은 털이 나고, 일부는 얼굴과 손바닥에까지 털이 돋아 있는 사람들이었다. 발바닥이 손바닥처럼 곱아 있었고, 입과 코가 돌출되어 있었다. 그들은 불빛에 익숙하지 않은지 내가 횃불을 들이댈 때마다 눈을 감았다. 벌레나 쥐에 여기저기 뜯어먹힌 듯한 비참한 몰골을 하고 있었지만, 벽 안쪽으로는 완벽한 숙소가 마련되어 있었다. 용족이 버린 신발 깔창과 속옷 같은 것이 장판 대신 깔려 있었고, 음료수 캔과 통조림은 가구를, 숟가락과 칫솔은 기둥을 대신하고 있었다.

용족은 우리들이 그런 식으로 잡동사니를 모아 집을 짓는 것을 구경하며 재미있어한다. 그리고 학습능력과 언어가 없는(그들은 그렇게 믿고 있다.) 우리가 어떻게 본능만으로 집을 꾸미는지에 관해 토론한다. 하지만 무슨 특별한 일이겠는가. 비버도 댐을 쌓고 벌과 개미도 정교한 건축물을 짓는다. 고래와 새는 노래를 하고 곤충들은 지배계급과 군사계급과 노동계급이 있는 완벽한 집단 사회를 이룬다. 인간의 특이한 행동은 지성에 대한 아무 증거도 되지 못한다.

용족들은 가끔 인간을 두고 지능 테스트를 한다. 그들은 빨간색과 초록색 카드를 한 그룹으로 두고, 보라색과 노란색 카드를 다른 한 그룹으로 두고는 둘을 구분하라는 문제를 내곤 한다. 대부분의 사람들은 용족의 의도를 알지 못하고 혼란에 빠질 수밖에 없다. 실제로는 두 카드에 인간이 도저히 구분할 수 없는 미세한 향의 차이가 있거나, 인간이 들을 수 없는 소리가 나는 장치가 되어 있기 마련이니까. 그런 테스트에서는 쥐나 새가 인간보다 훨씬 지능이 높게 나온다.

그 사람들 가운데에는 개 한 마리가 앉아 있었고, 손가락과 발가락이 각기 여섯 개인 여자아이가 그 개를 꼭 껴안고 있었다. 개는 꼬리를 말고 앉아서는, 나를 경계하는 눈빛으로 노려보고 있었다. 손가락이 여섯 개인 아이는 다른 아이들보다 몸의 상태가 좋았다. 손가락의 특이한 점 때문에 혹시나 애완인간으로 어느 용족이 데려가지 않을까 싶어 가족들이 귀하게 키우고 있는 것 같았다. 가족 중 한 명이 용족의 집으로 들어가면, 부엌 뒷구멍을 통해서 음식을 얻기가 훨씬 수월해진다.

"이곳에 늑대로 추정되는 늙은이가 들어와 살고 있다는 말을 들었다."

내가 말했다. 대답하는 사람이 없었다.

"누구 본 사람이 있나?"

여전히 대답이 없었다. 나는 칼을 뽑아 들었다. 아이들이 소스라치며 벽에 몸을 붙였고, 한쪽 다리가 짧은(아마, 그래서 또 존중받고 있을) 남자가 몸을 일으켰다. 언어가 어눌했다.

"칼을 치워라. 우리는 선량하다. 피를 보고 싶지 않다. 원로원의 개."

"요구는 내가 하고 있다. 너희들 중 누구든 늑대를 본 사람이 있으면 말해라. 나 역시 피를 보고 싶지 않다. 하지만 협조하지 않는다면 가장 약한 것부터 공격하겠다."

나는 칼끝으로 손가락이 여섯 개인 여자아이를 가리켰다. 아이는 옆에 있는 개를 끌어안았다. 개는 나를 향해 으르렁거리기 시작했다. 내 말끝은 여전히 조금은 달달거리고 있었다. 그들이 내 허세에 넘어가지 않고 집단으로 덤빈다면 내 힘으로는 당해낼 수 없을 테지만, 다행히 상대는 눈치 채지 못한 것 같았다. 남자는 자신만의 언어로 뭔가를 씨불였다. 알아들을 수 없어도 욕이라는 것을 알 수 있었다.

"파란 사람을 따라가라. 피를 보지 마라. 그는 해가 없다. 약하다. 죽어간다. 선량하다."

그의 말투에서 그 늑대가 일종의 존경을 받는 위치에 있음을 알 수 있었다. '파란 사람'은 금방 찾을 수 있었다. 선조들의 유적에서 흔히 발견되는 그림이었다. "초록색이잖아." 나는 중얼거렸다.

내가 '나가는 곳 Way Out 出口'라고 쓰인 간판 아래를 지날 때, 어디선가 돌이 날아와 내 이마를 맞혔다. 내가 고개를 들자, 철골 사이에 앉아 있던 털이 가득한 소년이 내뱉듯이 말했다.

"늑대는 용을 물리치는 방법을 알고 있어."

그는 그 말을 남기고 철골 사이로 모습을 감췄다. 문득 고개를 옆으로 돌리자, 벽에 붉고 거대한 글씨로 '늑대는 용을 물리치는 방법을 알고 있다.'라고 쓰여 있는 것이 눈에 들어왔다. 아직 젖어 있는 것으로 보아, 내가 지나는 길 앞에 방금 써놓은 모양이었다. 평화적인 시위였다.

이어지는 벽에는 거대한 글씨로 '용은 어디에서 왔는가?'라고 쓰여 있었다. '외계인? 진화된 심해괴물? 공룡의 후손?'이라는 말이 뒤에 이어져 있었다. 내가 알기로, 그들은 그냥 나타났다. 공룡이 사라지고 우리가 나타났듯이, 거대 파충류가 사라지고 거대 포유류가 나타났듯이. 비극이라고 할 것도 없는 일이다. 우리는 그런 세대 교체에 저항하여 살아남았으니까. 오히려 희극이라고 해야 할까.

그 그림은 '관계자 외 출입금지'라고 쓰인 패널 옆에 그려져 있었다. 나는 한동안 그 앞에 서 있었다. 불붙은 화산을 배경으로 거대한 용이 불을 뿜고 있었고, 그 아래에 갑옷을 입고 방패와 칼을 든 사람이 방패로 불을 막아내며 전진하고 있었다. 용은 괴상한 생김새를 하고 있었다. 코가 길지도 않았고, 입은 흡사 악어처럼 보였다(그들은 초식동물이라 뾰족한 이빨을 갖고 있을 리가 없고, 그런 식으로 입이 갈라져 있을 수도 없다. 그런 입으로 풀을 씹다간 풀이 송곳니와 볼 양쪽으로 다 새어 나갈 것이다). 손가락은 꼭 새처럼 보였고, 앉은 자세나 꼬리는 흡사 캥거루 같았다. 무엇보다도, 용은 불을 뿜지 않는다. 웃음이 나오는 구도였지만(파리 한 마리가 칼을 들고 인간과 대치하고 있다고 상상해보라.) 나는 감동을 느꼈다. 전혀 용을 닮지 않은 그 생물이 분명히 용을 상징하고 있다는 것을 느낄 수 있었기 때문이다. 무엇보다도, 그림 속의 용은 마치 벽에서 튀어나올 것처럼 생생했다. 눈은 금방이라도 눈알을 굴리며 나를 쳐다볼 것만 같았다. 불타고 있는 산은 손을 갖다 대면 델 것만 같았고, 사람을 휩싸고 있는 불은 금방이라도 모든 것을 태워버릴 것만 같았다.

"마음에 드나."

나는 황급히 돌아서며 두 개의 칼을 뽑아 들었다. 흙과 돌에 반쯤 파묻혀 있는 철로 위에 한 노파가 앉아 있었다. 섬유로 짠 옷을 머리에서부터 발끝까지 걸치고 있었고, 두건 사이로 주름이 자글자글한 얼굴과 손발이 드러나 있었다. 옷으로 감추고 있어 정확히 알 수는 없었지만, 털도 나 있지 않고 무늬 없는 생선껍질 같은 묘한 피부색을 하고 있었다.

"원 요즘 애덜은 버르장머리가 없어. 늙은이한테 하는 첫인사가 칼부림인가."

"늑대……?"

노파는 낄낄거리며 웃었다.

"늑대 같은 소리 하고 앉았네. 통조림 뜯어먹는 늑대도 있나."

그녀는 자신이 기대고 앉아 있는 제 키만 한 통조림 캔 안으로 손을 집어넣더니 내벽에 붙어 있는 삶은 콩을 뜯어내어 입에 넣고 오물거렸다.

"다른 늑대들은 어디에 있지? 모두 이 안에 들어와 있나?"

"노인네한테 면전에서 반말이야. 아무튼 원로원 자식들은 교육이 제대로 안 돼 있어."

나는 침을 삼키고, 다시 그림을 돌아보았다. 돌아보지 않을 수가 없었다. 잠깐 보지 않은 사이에 그 아름다운 그림이 머릿속에서 날아가 버리는 것을 참을 수가 없었다.

"직접 그린 겁니까?"

"인간 말고 누가 그림 같은 것을 그리겠나."

노파는 껠껠 웃었다.

"그림이야말로 인간이 얼마나 세상을 왜곡된 형태로 지각하는지 보여주는 증거인걸."

노파는 다시 콩 하나를 끄집어내어 이빨이 없는 입으로 오물거리며 말했다.

"망막에 맺힌 상은 평면이야. 그러니 우리가 보는 세상도 평면이지. 입체를 평면으로 보다니 그런 왜곡이 어디 있겠나. 뇌가 그걸 입체로 착각하게 만드는 것뿐이야. 그러니 평면에 색깔과 그림자만 적절히 배치해놓은 것을 보고도 깊이를 느끼지."

노파는 내가 쫓아온 비상구 표지판을 가리켰다.

"저기 있는 파란 사람 문양만 해도 말이야, 저게 어디로 봐서 사람이야. 저런 것마저 사람으로 보이는 게 사람이거든. 사람의 뇌가 시각정보를 단순화해서 처리하기 때문이지. 하지만 용족은 그러지 않아……. 그러니 저런 것의 의미를 이해할 리가 없지. 레몬향을 상징하는 향이라는 것이나 비슷한 이야기지. 레몬향이 아닌 것이 어떻게 레몬향을 상징한다고 할 수 있겠나. 그래서 용이 그림을 이해하지 못하는 거야. 그들은 세상을 2차원으로 인식하지 않거든. 네 스승들이 이런 것도 가르쳐주었나? 그 멍청이들에게, 아직도 이런 것들을 학생들에게 가르쳐줄 수 있는 지혜가 남아 있나?"

"스승님들은 일생과 목숨을 바쳐 후세에 지혜를 전하고 있습니다."

"그래도 모자라겠지. 선조의 지식은 바다처럼 무궁무진해. 한 사람의 일생이나 목숨 따위로 전할 수 있는 것이 아니야. 어차피 오래가지 못할 거야."

"다른 늑대들은 어디 있습니까? 왜 도시로 들어왔죠? 통조림을 먹고 쓰레기통을 뒤질 정도로 타락한 겁니까?"

"먹는 것 갖고 지랄이야."

나는 한 발 앞으로 나서며 말했다.

"오래전에 다른 도시에서 늑대가 용 한 마리를 죽인 일이 있었지. 아무 의미도 없는 일이었어. 그 대가로 그 도시의 인간들은 모두 길거리에 버려졌지. 수백 명의 애들이 거리에서 굶어 죽었다고 했어."

"그랬었지."

노파는 껠껠거리며 웃었다.

"스팅어 미사일을 들고 수류탄에 베레타 쌍권총을 차고 바바리 코트를 휘날리며 용을 향해 돌진했었지. 애들은 언제나 그런 이야기를 좋아해. 거대한 산맥과 같은 집을 타 넘고, 광활한 사막과 같은 방바닥을 지나 금고 위에서 자고 있는 용을 물리치는 용사의 이야기. 젊은이도 그런 이야기를 좋아하나?"

"꾸며낸 이야기라는 건가?"

"저절로 생겨났지. 하지만 이야기 어느 부분에는 진실이 있을지도 몰라. 늑대는 자신의 생명을 지키기 위해서가 아니면 다른 것을 죽이지 않아."

나는 철로로 내려가 칼을 겨눴다.

"말해, 다른 늑대들은 어디에 있어? 너 혼자는 아니겠지. 늑대들은 혼자 다니지 않아."

그때 나는 전신에서 힘이 빠져나가는 것을 느꼈다. 두건 안쪽으로 보이는 노파의 눈이 희번덕 빛났기 때문이다. 나는 관절이 굳는 것을 느꼈다. 칼을 겨눈 상태로 얼어붙은 것이 그나마 다행이었다.

"마을이 새로 개발되는 도시에 깔려버렸지. 포클레인이 숲으로 치고 들어왔는데 자고 있는 사이에 덮쳐서 피할 방법이 없었어. 남편도 아들도 손주도 다 죽었어. 늑대는 이제 없네. 노인네는 살 방법이 없어서 도시로 기어 들어왔네."

전신의 온도가 싸하게 식었다.

"거짓말."

"거짓말이란다."

노파는 나를 불쌍한 듯이 쳐다보다가 말했다.

"살 만한지 안 한지 간을 보고 툭툭 찔러보는 정신머리로는 결코 늑대가 될 수 없어."

다리에서 힘이 풀리는 바람에, 몸이 흔들렸다. 균형을 잡기 위해 나는 몇 발짝 물러나야 했다. 철로 벽이 등을 지탱해주지 않았으면 뒤로 엉덩방아를 찧었을 것이다.

"……뭐?"

노파는 몸을 일으켰다. 일어나는 것뿐인데, 그가 커지고 있다는 착각이 들었다. 노파는 느릿느릿 내게로 걸어와, 아직 칼을 들고 있는 내 손을 잡아채어서는 손바닥을 폈다. 손에서 칼이 떨어졌다. 나는 그가 하는 대로 내버려 둘 수밖에 없었다. 내 손바닥은 온갖 가지 색으로 물들어 있었다. 이것저것 섞어 만든 안료의 색이 밴 탓이다. 나는 무엇이든 그림 재료로 썼다. 꽃을 빻은 즙이나 황토, 벌레 시체, 돌, 소금, 송진.

"그림을 그리는군."

나는 은밀한 곳을 들킨 것처럼 얼굴이 확 붉어졌다.

"누구에게 배웠지?"

내가 대답하지 않자, 노파는 소리를 질렀다.

"누구에게 배웠어?"

"배우지 않았어요. 그냥 그럴 수 있어요."

나는 나도 모르게 대답했다. 노파는 다시 겔겔거리고 웃었다.

"조각을 하지 그랬나. 조각은 그들도 알아볼 수 있는데."

그녀는 내 손을 놓고 돌아섰다. 다리가 후들거렸다.

"절 데려가 주세요."

노파는 내게 흔하디흔한 것을 대하는 냉랭한 시선을 던졌다. 나 자신이 진짜 앞에서 여지없이 무너지는 가짜처럼 느껴졌다. 나는 무릎을 꿇었다. 차가운 땅이 무릎에 닿자마자, 주체할 수 없이 눈물이 쏟아졌다.

"절 데려가 주세요."

노파는 혀를 끌끌 찼다.

"어디로? 늑대는 다 죽었어. 널 보호해줄 주민도, 네게 옷을 지어주고 가정을 꾸며줄 사내도 없어. 늙은이는 개가 될 수밖에 없네. 쓰레기통을 뒤지는 게 이 늙은 몸이 할 수 있는 전부야. 그것도 오래가지는 않겠지."

"제가 돌봐드리겠어요. 제게 사냥하는 법과 농사짓는 법을 가르쳐주세요. 제게 지혜를 전수해주세요. 그러면 제가 평생 같이 있겠어요."

"이유를 들어볼까."

"오래전부터 당신들을 동경해왔어요."

"거짓말."

노파는 일언지하에 잘라먹었다.

"왜, 주인이 주는 우유가 맛이 없었나? 침대가 포근하지 않아서? 자기 전에 키스를 안 해줘서? 이틀에 한 번 목욕을 시켜주지 않아서?"

나는 고개를 저었다. 그리고 눈을 감고 고개를 숙였다.

"더 이상 더러운 짐승에게 아양을 떨며 살고 싶지 않아요. 인간과 함께 살게 해주세요. 자유롭게 살고 싶어요. 당신들과 함께 싸우겠어요. 당신들처럼 사는 방법을 가르쳐주세요. 절 데려가 주세요. 뭐든지 하겠어요."

"뭐든 한단다."

노파는 비웃음을 내던지더니, 내가 떨어뜨린 흑요석 칼을 집어들고 이리저리 살폈다.

"잘 만들었군. 하지만 이런 것으로는 안 돼. 용의 거죽도 뚫지 못해. 긁힌 상처나 조금 낼 뿐이지."

노파는 엉덩이를 씰룩거리며 움직여서, 흙더미를 손으로 헤집었다. 그리고 더미 속에서 긴 파이프를 끄집어내었다. 노파가 한참을 엉덩이를 씰룩거리며 물러났는데도, 파이프는 아직도 더미 속에서 나오고 있었다. 마침내 파이프의 반대편 끝이 나타나자, 노파는 숨을 헥헥거리며 주저앉았다. 파이프 끝은 날카롭게 갈려져 있었다.

"늑대는 용을 물리치는 방법을 알고 있지."

노파는 시를 읊조리듯 중얼거렸다. '오래된 전설이지. 하지만 어느 부분에는 진실이 있겠지.' 하는 말투로.

"한 달간 쓰레기와 흙 속에 파묻어 두었던 파이프야. 냄새가 나지 않을 거다. 너도 진흙으로 며칠 목욕하도록 해. 냄새를 들키지 않을 테니. 네 주인이 자고 있는 동안 이 파이프를 귓속에 밀어 넣어라. 끝까지 넣으면 뇌수까지 들어갈 거다. 외상이 없으니 죽은 원인이 밝혀지기 힘들 거고, 밝혀진다 해도 인간의 짓이라고 상상하지 못할 거다. 네 주인을 처치하고 오면 널 받아들여 주지."

나는 잠시 입을 벌리고 앉아 있다가, 땅에 놓인 파이프를 들어 올렸다. 무거웠다. 심하게 무거웠다. 파이프를 양손에 쥐는 순간 너무나 무거워서 전신에 땀이 줄줄 흘러내렸고, 다리가 후들거렸다. 들어보려고 했지만 일어날 수가 없었다. 일어나 보려고 다리에 힘을 주어보았지만, 이내 파이프를 놓치고 무릎을 꿇고 주저앉아버렸다. 파이프가 레일과 부딪쳐 나는 맑은 소리가 지하철역 안을 울렸다. 노파는 차가운 눈으로 나를 내려다보았다.

무거워 들 수가 없다고 변명하려 하는데 입이 떨어지지 않았다. 무거운 것은 파이프가 아니었다. 파이프를 내려놓았는데도 전신에서 땀이 비 오듯 흘러내리고 있었다.

"……못 해요."

말은 뱉어진 순간 힘을 갖는다. 나는 입을 연 순간 후회했다. 또 다시 돌이킬 수 없는 짓을 하고 말았다. 나는 내가 정말로 그 일을 할 수 없다는 것을 깨달았다. 전신에서 힘이 빠져나갔다. 내게 남아 있는 모든 힘이 빠져나가 버려, 다시는 일어설 수도, 말을 할 수도, 움직일 수도, 살아갈 수도 없을 것만 같았다. 생명을 붙들고 있을 힘조차 남아 있지 않아, 영혼이 흘러내려 없어져버릴 것만 같았다. 노파는 한동안 말이 없었다.

"네 주인을 사랑하지?"

나는 아무 말도 할 수가 없었다.

"……그래서 네 주인이 네 그림을 이해하지 못하는 것에 절망했겠지. 네가 지성을 가진 존재라는 것을, 네게 지혜가 있다는 것을, 아니 그보다 네게 마음과 영혼이 있다는 것조차 알지 못하는 것 때문에 불행한 거겠지. 흔한 일이다."

노파는 가엾은 눈으로 나를 내려다보았다.

"네 주인에게 돌아가. 그런 이유로는 그들을 떠나 살 수 없어. 설령 떠나 산다고 해도, 그 이유가 사랑받지 못한 것에 대한 절망이라면, 결코 네 영혼은 자유를 찾지 못해. 네 영혼은 이미 그들에게 묶여 있어. 너는 늑대가 될 수 없어."

나는 그를 사랑한다. 그도 그 사실을 안다. 그도 나를 사랑한다. 나 역시 그 사실을 안다. 하지만 그는 내 진정한 본질을 알지 못한다.

그는 밤이 오면 달빛이 은은하게 거리를 비춘다는 것을 모른다. 하늘 가득히 별이 빛나고 그 별이 하루에 한 번씩 천구를 운행한다는 사실 또한 모른다. 달의 모양이 주기적으로 차고 이지러지며 오늘과 같은 보름밤에는 그 창백한 빛에 거리가 은빛으로 빛난다는 것을 모른다. 그에게 밤이란 단지 소리가 가라앉는 시간이며, 습기가 차고 기온이 낮아지는 시간이며, 공기가 무거워지는 시간이며, 바람의 방향이 바뀌는 시간일 뿐이다.

그는 자신의 집이 그림으로 가득 차 있는 것을 알지 못한다. 내가 그의 집 벽 가득 그림을 그렸으며, 붉은 노을과 짙푸른 밤하늘을 그려놓았다는 것을 알지 못한다. 그는 내가 단지 냄새를 묻히며 영역 표시를 하고 있다고만 생각한다. 내가 현관문에 그의 초상을 그렸다는 것도 알지 못한다. 그는 자신의 몸이 비췻빛으로 빛난다는 사실을 알지 못한다. 자신의 눈동자 또한 그렇다는 사실도 알지 못한다.

하지만 어찌 알겠는가? 그의 하늘에는 다른 것이 떠 있을지. 그들의 귀에는 지구가 자전하는 소리가 들리며 별들이 공명하는 소리가 음악처럼 들리고 있을지. 지구의 자기장이 흐름을 바꾸는 소리가 들리며 우주선(宇宙線)과 자외선이 지표로 쏟아지는 모습이 보이고 있을지. 인류가 수만 년의 역사 동안 그 존재조차 알지 못했던 무엇인가를 일상적인 시선으로 보고 있을지. 그가 보는 내 모습은 거울에서 보는 내 모습과 완전히 다른 형상을 하고 있으며, 그의 귀에는 내가 듣지 못하는 내 목소리가 들리고 있을지.

그러나 이 모든 것을 내가 어떻게 알 수 있겠는가. 내가 이런 생각을 하며 슬픔에 젖는다는 것을 그는 또 어떻게 알 것인가. 우리가 서로 다른 우주에 살고 있고, 서로의 진정한 모습을 알지 못하건만. 그와 내가 같은 세상에 살고 있으면서도, 다른 차원에 걸쳐져 있는 것과 다를 바가 없는 것을.

내 눈에서 눈물이 흘러내리자, 노파는 내 볼을 양손으로 잡고 말했다.

"불쌍한 아가. 이름이 뭐지?"

나는 고개를 저었다. 나는 내 이름을 발음할 수가 없다. 열 살이 넘은 뒤에야 주인이 내 이름을 부를 때 일어나는 공기의 미세한 떨림을 간신히 구분할 수 있게 되었을 뿐이다. 나는 그의 이름 역시 알지 못한다. 그의 이름은 폭발하는 듯한 형태로 느껴진다. 그래서 나는 그의 이름을 ❀라고 쓴다. 내 이름은 공기가 몇 개의 줄로 길게 이어지는 듯한 느낌으로 들린다. 그래서 나는 내 이름을 ☵라고 쓴다. 하지만 여전히 그 이름을 발음하지는 못한다.

내가 그렇게 말하자, 노파는 웃었다.

"그러면 이제부터 네 이름은 건(乾, ☰)*이다."

나는 그가 오래된 지혜에서 그 이름을 연상했다는 것을 알 수 있었다.

노파의 마른 손이 내 어깨 위에 얹혔다. 뜨거운 손이었다.

---

* 건곤감리(☰☷☵☲) 중 하늘을 뜻하는 말. 노파가 ☵를 보고 연상한 것임.

"내가 마을 밖으로 나가는 비밀 통로에 대해 이야기했던가? 이런, 넌 너무 작잖아. 날 업고 다닐 수 있을 정도로 큰 놈이었으면 더 좋을 텐데. 하지만 괜찮아. 내가 버섯이 잔뜩 나는 늪지에 대해 이야기했던가? 된장을 넣어 끓여 먹으면 둘이 먹다 하나 죽어도 모르지. 된장을 만드는 법은 혹시 노인네들에게 전수받았나? 광화문 근처에서는 콩이 저절로 자라고 있는데……. 아무튼, 애덜은 항상 사서 고생이야. 좋은 집 놔두고 뭐 하는 짓거리래. 늑대 이야기에 홀랑 넘어가는 건 만날 애덜뿐이라니까……."

*

❋ 씨는 우체통 근처에서 〰의 냄새를 찾아내고 땅을 파기 시작했다. 그가 조금 땅을 파보자, 동물들이 지나다니며 만든 듯한 통로가 손가락 끝에 만져졌고, 〰의 냄새가 남아 있었다. 녀석이 그 통로에 잠시 머물렀던 것은 분명했다. 그 밖에도 들짐승의 냄새가 여기저기에서 느껴졌다. '험한 짐승에게 잡혀 갔거나 물려 죽은 모양일세.' 그는 그렇게 생각했다. 오랫동안 정이 붙은 애완동물이라 조금 슬픈 기분이 들었지만, 하나 또 새로 사면 잊혀질 것이다. 어차피 육십 년도 살지 못하는 명 짧은 생물이 아니던가.

❋ 씨는 문득 조그만 통로 안쪽을 돌아 냄새를 맡았다. 통로 벽에서 진한 향이 흘러나오고 있었다. 그는 예전부터 〰가 벽에 이것저것 바르는 것을 좋아한다는 사실을 알고 있었지만, 한 번도 관심을 둔 적이 없었다. 하지만, 그날

은 〰를 잃은 슬픔이 그를 조금쯤 감상적으로 만들었던 모양이다. 그가 그날 따라 벽을 세심히 살폈던 것을 보면 말이다. ☀ 씨가 벽을 모두 훑고 나자, 이상한 이미지가 그의 머리에 떠올랐다. 그건 '이미지'라는 형태로는 그의 머릿속에 처음으로 떠오른 것이었다.[*]

　"정말 이상하군!" ☀ 씨는 중얼거렸다. "이건 꼭 나 같잖아. 아니, 잠깐만. 왜 나 같다고 생각했는지 모르겠군. 꼭 나를 납작하게 눌러 벽에 늘여 붙인 것 같은데. 게다가 중요한 부분은 다 빼먹고 말이지. 코는 이상한 데 붙어 있어서 꼭 혓바닥처럼 보이는군. 몸체도 꼬리도 팔다리도 너무 길고 가늘잖아. 잠깐만, 왜 팔다리라고 생각했을까? 그냥 선일 뿐이잖아. 정말로, 그냥 선일 뿐이잖아. 그래도 나를 상징한다는 생각이 드는군. 어째서일까?"

[*] 당연한 이야기지만, 그림의 실루엣 출처는 「사신도」.

몇 가지 기적적인 우연에 의하여 그의 사고의 흐름이 한 단계 위의 층으로, 오랫동안 문이 닫혀 있던 옆방으로, 두껍게 깔려 있던 얼음 아래의 넓은 바다로, 그 최후의 문턱까지 아주 가깝게 도달했지만……, 4킬로미터쯤 떨어진 집에 있던 아내가 저녁 먹으라며 자신을 부르는 소리가 들려왔고, 그는 생각을 접고 집으로 돌아갔다.

어쨌든, 이 세상에는 과학적으로 설명되지 않는 일들이 얼마든지 있는 법이니까.

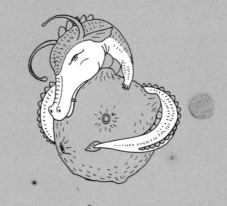

듀나 ──★★

가말록의 탈출

1

운수담당은 컨테이너 뚜껑 위에 난 작은 다이아몬드 창을 통해 안을 들여다봤다. 내부는 조명이 꺼져 어두웠다. 그가 볼 수 있었던 건 허공에 떠 위태롭게 흔들리는 한 쌍의 붉은 눈밖에 없었다. 포기한 그는 상자 옆에 새겨진 안내문으로 눈을 돌렸다. '가말록—멜록—노트르담'.

"이게 도대체 무슨 뜻이야?"

운수담당은 이리저리 뛰어다니며 궤도에서 낙하한 다른 컨테이너들을 헤아리던 회사 직원에게 물었다. 그는 다소 짜증 섞인 표정으로 컨테이너에 다가와 안내문을 슬쩍 훑어보았다.

"이름, 포지션, 구단 이름."

직원이 말했다.

"가말록은 녀석의 이름이고, 녀석의 팀 내 포지션은 멜록이고, 팀 이름은 노트르담이야. 이번 주에 지구 최초의 가녹 경기가 있어. 해 뜨기 전에 녀석들을 시내로 데려가서 주말까지 녀석들의 컨디션을 최상으로 끌어올려야 해."

"가녹은 도대체 뭐야?"

"공놀이지, 뭐. 저런 괴물들을 여섯 마리씩 묶어서 운동장에 내놓고 공을 던진다. 그럼 녀석들은 죽어라 서로를 물어뜯으며 그 공을 자기네 둥지로 가져오지. 13개의 공을 차례로 던져서 한쪽이 7개 이상 얻으면 이기는 거야. 그거 빼면 법칙이고 뭐고 없어. 짐승들이니까."

"포지션도 있다며?"

"별거 아니야. 멜록은 우두머리야. 바단은 둥지를 지키는 놈이고. 나머지 네 마리는 엑사들이야."

"놈? 바단도 수놈이야?"

"몽땅 수놈들이지. 녀석들은 암컷들이 어떻게 생겼는지도 모를 걸. 인공수정 되었으니까. 라두 암컷들은 공놀이 따윈 하지 않아. 애들 키우고 먹이 모으고 굴 파느라 바쁘지."

"그럼 둥지는 왜 있는 건데?"

"커서 무리에서 쫓겨난 수컷들은 둥지를 만들어 모보라는 짐승의 빈 껍질을 모아. 남들이 가진 걸 보면 빼앗기도 하고. 왜냐고? 녀석들은 원래부터 가축이었어. 몇천 년 전에 다른 누군가가 녀석들을 공놀이하는 광대로 키운 거지."

"그 원래 주인들은 어디에 있는데?"

"몰라, 멸망했거나 달아났겠지. 그러다 지구에서 온 고고학자들이 가녹을 부활시킨 거야. 순전히 학문적 이유라지만 그게 말이 되나? 텅 빈 행성에서 할 일 없어 심심한 놈들이 새로운 소일거리를 찾은 거야. 그게 어쩌다 보니 스텔라 마리스-2에서 가장 인기 있는 스포츠가 된 거고. 그걸 우리에게도 보여주겠다며 녀석들을 지구로 보낸 거야."

이야기를 마친 직원은 막 해변에 도착한 회사 중역의 자동차를 향해 달려갔다. 운송담당은 밤하늘에서 희미한 별처럼 반짝이는 스타게이트를 잠시 바라보다가 다시 컨테이너의 다이아몬드 창에 눈을 돌렸다. 라두는 아까와 마찬가지로 둔중한 무표정을 유지하며 그를 바라보고 있었다.

'도대체 무슨 생각을 하고 있는 걸까?'

그는 그게 궁금했다.

2

다섯 시간 뒤, 시립경기장 지하실에 이동 우리를 설치한 보안회사 직원들은 라두들의 온전한 모습을 볼 수 있었다. 컨테이너에서 나와 이동 우리로 들어간 라두들은 목이 짧고 머리가 조금 더 둥글고 컸으며 날개가 없을 뿐 그림책에 나오는 용과 같았다. 그들은 컨테이너에서 나와 우리 안을 돌아다니면서 그들을 가둔 창살의 냄새를 맡았다. 둔하게 번들거리는 그들의 붉은 눈은 안에 발광체를 박은 유리알처럼 무표정했다. 오히려 그들 등에 심은 전자 문신 쪽이 더 살아 있는 것처럼 보였다. 회사 직원이 컴퓨터로 지시를 내리자 라두들의 넓적한 등짝에는 맥주회사 광고가 번뜩거렸다.

우리 문 하나가 열리고 가말록이 기어 나와 몸을 일으키자 그들을 지켜보던 사람들은 움찔하며 뒤로 물러났다. 가말록은 컸다. 아무리 작게 봐도 8미터는 넘을 것 같았다.

가말록이 밖으로 나오자 노트르담 팀의 사육사는 리모컨을 작동시켜 천장에 매달려 있는 열세 개의 하얀 공들 중 하나를 떨어뜨렸다. 가말록은 쿵쿵거리며 달려와 공을 가로채더니 다시 우리 안으로 뛰어 들어갔다. 녀석은 구석에 동그랗게 몸을 말고 앉아 있던 라두에게 공을 던졌고 그 라두는 마치 알이라도 되는 것처럼 공을 끌어안았다. 짧은 소동이었지만 그동안 운동장은 지진이라도 난 것처럼 요란하게 흔들렸다.

"어떻게 저 덩치에 저런 속도가 나오죠? 스텔라 마리스-2는 여기랑 중력이 다른가요?"

보안회사 직원들 중 한 명이 사육사에게 물었다.

"특별히 다를 것도 없어요. 1.02 정도? 지구보다 중력이 더 크다면 이런 스포츠가 활성화될 수 없었겠지요? 하지만 녀석들이 스텔라 마리스-2가 아닌 다른 행성 출신인 건 분명해요. 그곳이 어떤 곳인지는 아무도 모르지만요. 우리가 이해할 수 없는 녀석들의 몇몇 습성들도 그 행성에서 유래한 것일지도 모르죠. 공에 대한 집착 같은 건 분명 그쪽 세계에서 먼저 이식되었을 겁니다."

"훈련 때문이 아닌가요?"

"아뇨, 저렇게 몰아넣으면 녀석들은 훈련 없이도 가녹을 합니다. 가녹은 우리가 만든 게 아니에요. 녀석들이 우리에게 먼저 보여줬고 우린 나중에 고문서를 해독하다가 이름을 알아냈을 뿐이죠. 다 본능이에요. 우린 녀석들을 지나치게 길들이지 않으려 합니다. 야성이 약해지면 게임이 재미없어지니까요. 공격성이 지나쳐서 상대방을 죽이거나 관객들에게 난동을 부리지 않고 제때에 우리 안으로 들어가기만 하면 충분해요. 녀석들은 이제 이런 경기에 익숙해졌어요. 하지만 그래도 조심해야 합니다. 지구와 거기는 환경이 다르니까요. 우리가 아직 모르는 변수가 남아 있을 수도 있어요."

3

　노트르담 팀과 과달루페 팀의 경기는 토요일 저녁에 열렸다. 얼마 전에 끝난 내전으로 지친 사천여 명의 사람들이 새 구경거리를 찾아 시립경기장으로 몰려들었다.

　관중 사이엔 팔 개월 전까지만 해도 시민군 장교였던 한 남자가 끼어 있었다. 지금은 가명으로 사설 경호회사의 엔지니어로 일하고 있는 그는 외투 호주머니에 작은 폭탄을 하나 숨겨놓고 있었다. 그 역시 경기장에 들어오려면 검색대를 통과해야 했지만 폭탄은 걸리지 않았다. 경호회사에서 일하는 몇 개월 동안 그는 폭탄을 비밀리에 반입하는 방법을 고안했던 것이다.

　그는 왜 자기가 이런 짓을 하고 있는지 알지 못했다. 새 정부에 대한 분노는 여전했지만 그렇다고 새로 내전을 일으키거나 테러를 저질러야 할 이유도 없었다. 그런데도 그는 폭탄과 은폐상자를 만들어 여기까지 왔던 것이다. 그건 일종의 게임일 수도 있었다. 그는 자기에게 손가락 하나만 까딱해도 사방 수십 명을 날려버릴 수 있는 힘이 있다는 것만으로도 막혔던 무언가가 확 뚫리는 것 같았다. 사실 그는 다른 사람들과 마찬가지로 경기장에서 공놀이를 하는 외계 괴물들을 보러 온 것이었다. 단지 팝콘 대신 폭탄을 들고 왔을 뿐.

경기는 7시에 시작되었다. '다른 세계에서 온 악마들'에 대해 떠들어대는 아나운서의 멘트가 끝나자 경기장의 양끝이 열리고 노트르담 팀과 과달루페 팀이 몰려나왔다. 지구인들은 스텔라 마리스-2의 관중들처럼 열광하지는 않았지만 그래도 환호는 만만치 않았다. 그건 좋아하는 팀에 대한 팬들의 열광이 아니라 신기하게 생긴 거대한 짐승들에 대한 흥분이었다.

그들 중 절반은 가녹 경기에 대해 아무것도 몰랐지만 상관없었다. 가녹에 규칙 같은 건 없었다. 라두들은 그냥 달리고 점프하고 상대방을 내리치고 물어뜯고 뿔로 받으면서 공을 빼앗거나 빼앗겼다. 짐승들의 난폭한 본능 위에 인간들이 멋대로 투영한 규칙들이 겹치자 그것은 스포츠가 되었다.

처음에는 반쯤 뚱한 태도였던 엔지니어는 서서히 라두들에게 빨려 들어갔다. 그들이 경기장의 바닥을 발로 후려치며 점프할 때마다 그의 심장은 쿵쿵 뛰었다. 그는 한 팀이 점수를 딸 때마다 고함을 질러댔고 가끔은 일어나 주먹을 휘둘렀다.

그러다 그는 서서히 숨이 막히기 시작했다. 처음에는 흥분 때문인 줄 알았다. 하지만 그게 아니었다. 어느 순간부터 그는 라두들이 감금되어 있다는 사실을 인식하고 있었다. 아무런 제재도 받지 않고 뛰어다니는 것처럼 보이는 이 괴물들은 경기장과 인간 세계와 멋대로 인간들이 만든 규칙들과 몇천 년 전 그들을 개량한 외계인들이 만든 본능 속에 갇혀 있었다. 그들이 아무리 점프를 하고 공들을 빼앗아도 그 사실은 바뀌지 않았다.

그 순간 그는 자신을 지금까지 압박하고 있는 것이 무엇인지 알아차렸다. 그건 현 정부에 대한 증오심도 아니었고 지금은 거의 잊어버린 정치적인 신념도 아니었다. 그를 억누르고 있는 건 그의 존재를 억압하고 행동을 제한하는 우주의 모든 것이었다. 그가 아직도 내전 시절을 그리워하는 것도 신념 따위 때문은 아니었다. 전쟁은 잠시나마 그에게 자유의 환상을 주었다. 물론 그건 진짜 자유일수가 없었다. 살아 있는 동안 그가 원하는 순수한 자유를 얻을 수는 없었다.

노트르담 팀이 5점을 추가하는 순간 이 모든 사실을 인지하게 된그는 죽음과 소멸을 향한 강한 욕망에 사로잡혔다. 이 순간을 놓치면 다시는 이런 선택을 할 수 없을 것만 같다고 느낀 그는 폭탄이든 외투 주머니 안에 손을 넣었다.

폭발과 함께 그의 몸은 산산조각 났다.

4

엔지니어의 폭탄 테러로 그를 포함한 23명이 죽었고 100여 명이중경상을 입었다. 하지만 그로부터 한 시간 뒤 시경 재난관리과에소속된 7명의 경관들이 산악용 강화복을 입고 경기장에서 14킬로

미터 떨어진 난민촌 부근을 누비고 있었던 건 테러리스트 용의자들을 소탕하기 위해서가 아니었다. 폭발 때문에 관중석과 경기장을 차단하고 있던 보호막이 붕괴되었고, 그를 통해 다섯 마리의 라두가 탈출했던 것이다. 그들 중 과달루페 팀에 소속된 세 마리는 즉시 잡혔고 노트르담 팀에 소속된 한 마리도 근처 건물에서 구석에 몰아넣는 데 성공했지만 한 마리는 용케 탈출에 성공했다.

그 운 좋은 라두는 바로 가말록이었다. 스텔라 마리스-2에 있는 노트르담 열성 팬들이라면 환호성을 질렀을 법한 뉴스였다. 가말록은 그들에게 슈퍼스타였다. 그들은 가말록이 탈출하는 동안 인간들을 벌레처럼 밟아 죽여도 신경 쓰지 않았을 것이다. 하지만 지구의 구조대원들에겐 낯설고 위험한 임무가 하나 더 늘어난 것에 불과했다.

"녀석은 폐쇄된 17번 지하철도를 타고 달아났어."

한 시간 전 팀장은 난민촌을 정리하고 있던 부하들을 불러들여 강화복과 무기를 나누어 주며 말했다.

"그만한 덩치가 있는 놈이 우리에게 들키지 않고 이렇게 오래 버틴 것도 그 때문이지. 녀석은 시 경계선 부근의 붕괴지점에서 지상으로 올라와 달아났는데, 아무래도 난민촌을 향해 올라갈 것 같다. 다른 길이 없어."

"육식동물입니까?"

팀원들 중 한 명이 물었다.

"곰처럼 위험한 잡식동물이다. 스텔라 마리스-2에서는 뭐든지 닥치는 대로 먹는 놈들이라고 알려져 있어. 사육사들 말에 따르면 생물학적 차이 때문에 지구 생물은 먹을 수 없다는군. 하지만 녀석이 그걸 알 리가 없지. 게다가 녀석은 십중팔구 흥분해 있을 거야. 무차별적 인명 살상 가능성을 염두에 두어야 해."

"그렇게 위험한 짐승을 폼 블라스터만으로 잡으라는 겁니까?"

"난민촌에서 총기 사고 내고 싶나? 괴물이 난민들을 죽이면 차라리 괜찮아. 하지만 우리가 그 사람들 다리에 실수로 총구멍이라도 낸다면 어떤 일이 벌어질지 생각해봤어? 게다가 아주 특별한 경우가 아니면 괴물을 죽여선 안 돼. 식민지에서는 나름대로 스타라나. 녀석을 죽이는 건 무하마드 알리를 죽이는 것과 마찬가지처럼 보일 거야."

팀장을 제외하면 무하마드 알리가 누군지 아는 사람은 아무도 없었지만, 그래도 무슨 뜻인지는 다들 짐작할 수 있었다.

그들은 헐어빠진 조립식 건물들이 빼곡하게 들어찬 산기슭을 올라갔다. 푸른 달빛에 물든 마을은 차갑고 추해 보였다. 이미 여러 차례 경고 방송이 떨어졌지만, 그래도 꽤 많은 사람들이 혹시 괴물을 볼 수 있지 않을까 하고 밖에 나와 얼쩡거리고 있었다. 세금 뜯어먹는 쓰레기 같은 것들. 팀장은 속으로 투덜거렸다. 이곳은 희귀 사슴 서식지와 가깝기 때문에 환경부에서는 어떻게든 이들을 다른 곳으로 쫓아버리려 하고 있었지만 여론 때문에 쉽지가 않았다.

"초광속 여행을 하는 시대에 아직도 이렇게 사는 사람들이 있다는 게 신기하지 않아?"

팀원 중 한 명이 옆의 동료에게 속삭였다.

"남이 미리 파놓은 땅굴을 타고 넘나드는 게 그리 대단한 발전인가?"

팀장이 대꾸했다. 그는 왜 사람들이 스타게이트와 우주 터널들을 과대평가하는지 알 수가 없었다. 우주시대가 되었다고 사는 문제가 해결되는 건 아니다. 수많은 지구인들이 고대 문명의 터널을 타고 은하계 이곳저곳으로 흩어졌지만 그렇다고 그들이 지구에서 겪던 문제들을 그곳에서 해결한 건 아니었다. 그들은 그 문제들을 고스란히 짊어지고 우주로 갔다.

머쓱해진 팀원은 강화복 헬멧 안쪽에 부착된 추적 장치의 모니터를 노려봤다. 그들은 지금 괴물이 남긴 체취를 따라 계속 산을 오르고 있었다. 가말록 때문에 난민촌은 이미 발칵 뒤집힌 상태였지만 난민들에게 직접 정보를 얻는 건 어려웠다. 그들은 원래부터 경찰을 좋아하지 않았고 오히려 어느 정도 이 소동을 즐기는 것처럼 보였다. 하긴 그들에게 잃을 게 뭐가 있겠는가. 어쩌면 이 소동으로 보상금을 챙길 기회를 노리고 있는지도 모른다. 이미 녀석은 달아나면서 다섯 개의 이동식 주택을 박살냈고 열일곱 명의 부상자를 냈다. 아마 소동이 끝나면 그들은 손해의 몇십 배를 정부한테서 뜯어낼 것이다.

그들이 산등성이에서 발견한 남자 두 명도 그 때문에 죽었을지 모른다. 남자들의 시체는 마을에서 상당히 떨어진 외진 산길 옆에 버려져 있었다. 그들은 맨몸으로 가말록을 따라나섰던 것이다. 모두 몸에 손톱자국이 나 있었지만 출혈은 적었다. 가말록은 귀찮게 구는 남자들을 그냥 집어던진 모양이었다. 녀석은 시체를 먹이로 생각하지도 않았다.

"도대체 왜 계속 산을 오르는 걸까요?"

아까 그 팀원이 말했다.

"산을 따라 조금만 돌아가면 사슴보호구역이 나오는데요. 못 봤을 리가 없어요. 게다가 산 북쪽이면 무연고 묘지라 난민들도 별로 없지 않습니까? 아까 그 갈림길에서 내려가는 게 더 정상적일 텐데, 녀석은 계속 위로 올라가고만 있군요."

"원래 산악 종족이 아닐까?"

옆의 동료가 말했다.

"아냐, 그럴 리가. 구기 본능이 있는 녀석들이라고 하지 않았어? 공 던지고 빼앗고 달리려면 평원에 익숙한 게 정상이지."

"하지만 여긴 녀석의 고향이 아니잖아. 달아나는 입장에서는 평원이 더 무섭게 느껴졌을 수도 있어. 게다가 일단 사람들을 피하려면 접근하기 어려운 산이 낫지 않아?"

"그래도 이상하지. 산에 오르려면 일단 난민촌을 통과해야 해. 어쩔 수 없이 사람들과 마주쳐야 한단 말이야. 그렇다면 평원 쪽으로 달아나는 게 오히려 정상이지."

두 사람이 수다를 떠는 동안 팀장은 추적 장치를 노려봤다. 가말록은 작정하고 산꼭대기를 향해 기어오르고 있었다. 도대체 이유가 뭐야? 산꼭대기에서 넌 도대체 무엇을 보았지?

"지금 속도로 계속 올라갔다면 녀석은 이미 정상에 도착했을 거다."

팀장이 말했다.

"여기부터 갈라지기로 한다. 겁먹을 것 없어. 상황은 우리에게 유리하다. 녀석은 산꼭대기까지 올라가느라 지쳤을 거야. 강화복의 도움으로 올라온 우리가 유리하지. 녀석을 포위한 뒤 내가 신호하면 일제히 폼 블라스터로 녀석에게 거품을 쏘아준다. 거품이 굳어 몸이 둔해지면 그다음에 충격총으로 제압해. 외무부에서 허가가 떨어지면 곧 본부에서 비행선을 보낸다고 했으니, 빠르면 한 시간 안에 집에 갈 수 있다. 자, 모두 힘을 내."

부하들이 흩어지자 팀장은 강화복의 팔을 늘려 고릴라처럼 만들고 네 발 동물의 자세로 산을 기어올랐다. 스무 걸음도 걷기 전에 그는 가말록이 정상에 도착했다는 걸 알 수 있었다. 가말록은 쩌렁거리는 저음으로 울부짖고 있었다. 마치 자기가 어디에 있는지 인간들이 알아도 아무 상관 없다는 것 같았다. 녀석의 울음은 절실했고 은근히 괴상했다.

십 분 뒤, 팀장은 정상 바로 밑까지 도착했다. 나무 뒤에 숨은 그는 꼭대기의 가말록을 관찰했다. 가말록은 불만스러운 듯 발을 쿵쿵 구르다 마치 경기장에 날아든 공이라도 잡아채려는 것처럼 점프했다가 다시 땅에 떨어지기를 반복했다. 녀석은 마치 공터에서 연습하는 농구 선수와 같았다. 심지어 몇 초 동안 팀장은 정말 그럴지도 모른다고 생각했다. 녀석은 그냥 혼자 조용히 공놀이 연습을 하고 싶었던 건지도 몰라. 하지만 그는 곧 고개를 저었다. 그렇게 시시할 리가 없었다. 뭔가 더 큰 이유가 있어. 목숨을 걸 만큼 큰 이유가.

"공격할까요?"

강화복의 마이크를 통해 팀원들의 목소리가 들렸다. 팀장은 조금 더 가말록의 행동을 관찰하고 싶었지만 그럴 여유가 없다는 것도 알고 있었다. 녀석을 관찰하는 건 우주생물학자들의 몫이다. 내 일이 아니야.

"공격!"

팀장의 명령이 떨어지기가 무섭게, 그를 포함한 일곱 명의 팀원들은 요란한 고함을 질러대며 정상의 공터를 향해 달려갔다. 스피커로 부풀려진 그들의 고함 소리는 가말록의 울음소리를 덮고 산 위에 울려 퍼졌다.

폼 블라스터에서 발사된 거품 덩어리들이 가말록을 향해 날아들었다. 거의 춤추는 것처럼 몸을 피한 녀석은 눈에 가장 먼저 들어오는 팀원 한 명을 꼬리로 내려치고 다른 한 명을 앞발로 잡아 집어던졌다. 땅에 떨어진 팀원은 바로 그 옆에 있던 다른 팀원들을 넘어뜨리고 내리막길로 굴러갔다.

부하들이 주춤하자, 팀장은 접근전을 시도했다. 그는 폼 블라스터를 움켜쥐고 가말록을 향해 뛰어들었다. 가말록의 앞발이 그의 등을 스쳤지만, 그는 용케 배 밑으로 들어와 오른쪽 뒷다리에 폼 블라스터를 갈길 수 있었다. 명중한 거품 덩어리는 순식간에 굳어 석고붕대처럼 무릎을 감쌌다. 한쪽 다리가 굳자 가말록은 균형을 잃고 쓰러져 산꼭대기에서 주르르 미끄러졌고, 팀장은 그 순간을 이용해 괴물의 다른 쪽 뒷다리도 공격했다. 뒤따라온 몸 성한 부하들도 그의 공격에 합류했고 가말록의 몸은 하얗게 굳은 거품으로 덮였다.

한동안은 모두들 일이 다 끝난 줄 알았다. 하지만 팀원들의 관심이 아래로 떨어진 동료들에게 향한 바로 그 순간 가말록은 다시 움직였다. 왼쪽 뒷다리와 오른쪽 앞다리에 붙어 있던 거품들이 떨어져 나갔고 가말록은 다시 산 정상을 향해 기어 올라갔다. 그러는 동안 녀석이 휘둘러댄 꼬리에 맞아 두 명이 밑으로 떨어져 나갔다.

부하들의 무능력에 진력이 난 팀장은 다시 폼 블라스터를 움켜쥐고 가말록을 따라나섰다. 다시 산꼭대기에 올라간 녀석은 이제 나무에 기어오르려 하고 있었다. 정상에서는 가장 높은 소나무였지만 그래봤자 녀석의 키 정도에 불과했고 그나마 녀석의 무게를 견디지 못하고 휘청거렸다. 결국 나무는 부러졌고 땅에 떨어진 가말록은 다시 울부짖으며 하늘을 향해 앞발을 휘둘렀다. 팀장은 그런 녀석의 모습에서 어떤 절망감을 느낄 수 있었지만 괴물에 감정 이입을 하느라 시간 낭비할 생각은 없었다. 그는 폼 블라스터를 겨누고 녀석의 얼굴과 목에 거품 덩어리를 쏘았다. 눈과 귀가 막힌 괴물이 당황하는 동안 그는 거품이 떨어진 블라스터를 던지고 처음 나가떨어진 부하가 흘린 것을 집어 들고 괴물의 다리에 쏘았다. 잠시 뒤 괴물은 조용히 쓰러졌다. 충격총은 쓸 필요도 없었다. 녀석은 아까까지만 해도 가지고 있었던 희망을 모두 잃고 포기한 것 같았다. 녀석의 목에서 기어 나오는 으르렁거리는 소리는 마치 어린아이의 투정처럼 들렸다.

한숨을 돌린 팀장은 강화복의 헬멧을 벗고 하늘을 올려다보았다. 그때서야 그는 가말록이 무엇을 보고 그렇게 흥분했는지, 무엇을 쟁취하기 위해 산꼭대기까지 기어올랐는지 알 수 있었다. 그 해답은 너무나도 단순해서 그가 왜 지금까지 그 사실을 눈치 채지 못했는지 이상할 정도였다. 아마 시야를 제한하는 헬멧 때문이었을 것이다.

하늘에는 보름달이 떠 있었다.

5

라두들은 하늘엔 별 관심이 없었다. 그들의 태양은 맨눈으로 보기엔 지나치게 밝았고 별들과 그들보다 특별히 더 클 것도 없는 스텔라 마리스-2의 작은 위성들은 먹을 수 없는 점에 불과했다. 어차피 그들은 잘 보이지도 않았다. 바다가 행성 표면의 82퍼센트를 차지하는 습기 찬 행성에는 흐린 날이 많았고 비가 자주 왔다.

라두들은 그들이 사는 평원이 더 좋았다. 특히 평원에 굴러다니는 모보의 빈 껍질이 좋았다. 모보들은 탈피할 때가 되면 몸을 복어처럼 동그랗게 부풀렸다가 공 모양으로 변한 껍질에서 빠져나왔다. 무리에서 떨어져 나온 라두 수컷들은 봄이 되면 평원을 돌아다니며 모보의 빈 껍질을 모았고 기회가 생기면 남의 것도 훔쳤다. 종종 그러느라 먹이를 찾지 못해 굶어 죽는 라두들도 생겼다.

지구인들이 내려와 그들에게 하얀 플라스틱 공을 던져주었을 때 수많은 라두들의 인생이 바뀌었다. 지구인들의 공에 비하면 모보의 빈 껍질은 초라한 모조품에 불과했다. 한번 공을 접한 라두들은 그들이 모았던 모보 껍질들을 버리고 공을 찾아 가까운 지구인들의 마을로 내려왔다. 그들은 지구인들을 죽이고 그들의 집을 뒤졌지만 공은 나오지 않았다. 절망한 그들은 마을을 부수고 텅 빈 밤하늘을 올려다보며 울부짖었다.

지구인 역사학자들이 라두 수컷들을 잡아 가두고 가녹을 시켰을 때, 동물보호론자들은 이를 잔혹행위라고 비난했다. 하지만 그건 그들이 아무것도 몰랐기 때문이었다. 물론 라두들은 감금 상태를 좋아하지 않았다. 하지만 그들은 자유 역시 좋아하지 않았다. 그나마 경기장에서 가녹을 할 때 그들은 가장 온전할 수 있었다. 라두들에게 경기장은 자연보다 더 자연에 가까웠다.

지구에 오기 전까지만 해도 가말록은 행복한 짐승이었다. 그는 경기장과 공과 관중의 환호가 좋았다. 경기장과 농장 사이를 오가며 이십여 년의 세월을 보내는 동안, 그는 자신의 행복에 익숙해졌고 그 이상의 무언가가 있을 것이라고는 상상도 하지 못했다.

폭발 사고 이후 가말록이 경기장에서 달아났던 것도 그가 자유를 갈망했기 때문은 아니었다. 그 자리에 있던 다른 인간들과 마찬가지로 그 역시 겁이 났고 정신은 혼미했다. 그는 혼란 속에서 발이 가는 대로 움직였고 어쩌다 보니 버려진 지하철 통로에 와 있었다. 밀폐된 지하 공간에 익숙지 않은 가말록은 정신없이 달렸고 그러다 보니 점점 경기장으로부터 멀어져만 갔다.

한참을 달리자 희미한 빛이 보였다. 정신없이 달려간 가말록의 눈에 뭔가 반짝이는 게 보였다. 그건 빗물이 고인 웅덩이였다. 웅덩이는 둥글고 하얀 빛을 품고 있었다. 가말록은 본능적으로 웅덩이에 앞발을 넣었지만 아무것도 잡히지 않았다. 그때서야 그는 그것이 하늘에서 내려온 빛의 반영이라는 걸 알았다. 그는 고개를 들었고 난생처음으로 보름달을 보았다.

그 순간 머릿속에서 철컥 소리가 들리는 것 같았다. 그건 지구인의 하얀 공을 처음 보았을 때 조상 라두들의 머릿속에서 들렸던 것과 같은 소리였다. 모보 껍질과 마찬가지로 가녹용 하얀 공 역시 대체물에 불과했다. 가말록의 정신과 육체가 평생을 통해 갈망하고 있었던 건 지상의 공들이 아니라 바로 저 하늘의 공이었다.

터널에서 기어 나온 가말록은 앞발로 하늘을 휘저었다. 달은 잡히지 않았다. 그는 점프했고 가까운 건물의 옥상 위로 기어올랐지만 여전히 달은 한참 위에 있었다. 자기 기분을 견디지 못해 지붕 위에서 씩씩거리던 그는 북쪽에 솟아 있는 산을 보았다. 산과 달을 번갈아 바라보며 그 거리를 측정한 그는 지붕에서 뛰어내려 산을 향해 달려갔다.

6

지구인들은 가말록을 죽이지 않았다. 그들은 가말록이 저지른 살인이 어쩔 수 없는 사고에 불과하며 그에게 어떤 책임도 없다고 결론지었다. 그들은 가말록을 다시 컨테이너에 가두고 다른 동료들과 함께 스텔라 마리스-2로 돌려보냈다. 스텔라 마리스-2의 팬들은 그런 그를 개선용사라도 되는 것처럼 요란하게 환호하며 맞아들였다.

그러나 그의 가녹 선수 경력은 그것으로 끝이었다. 지구에서 달을 본 뒤로 그는 더 이상 공에 관심을 보이지 않았다. 그는 낮에는 무기력하게 늘어져 있다가 밤만 되면 기숙사 창문을 긁으며 신음

했다. 포기한 사람들은 그를 팀에서 쫓아내고 은퇴한 스타 선수들이 사는 농장으로 보냈다. 농장에서도 그는 밤만 되면 우리에서 빠져나와 텅 빈 밤하늘을 바라보며 새벽이 될 때까지 울부짖었다.

그러나 그가 아무리 기다려도 달은 떠오르지 않았다.

박성환

잃어버린 개념을 찾아서

－지난번에 분명히 우리 아이의 머리를 아인슈타인처럼 만들어주신다고 했죠?

－네. 분명히 그렇게 말씀드렸죠. 저희 최신 브레인 클리닉에서는…….

－헛소리 집어치워요! 이번 기말고사에서 우리 애가 꼴등을 했단 말이에요! 어떻게 책임질 거예요!

－부인, 그건 정상입니다. 아인슈타인도 일찍이 김나지움에서 낙제를…….

1

소문은 은밀하지만 빠르게 퍼졌다.

언제나 주머니에 손 찔러 넣고 삐딱하게 앉아 졸던 진호가 지난 중간고사에서는 반에서 12등을 했다. 평소 진호 엄마와 친하던 302호네 아들 희석이도 얼마 전 영어 수행평가에서 82점을 받았다고 했고, 희석이 엄마와 중학교 동창인 제과점 아줌마네 둘째 딸 진희는 심지어 엊그제 교내 학력평가 때 20등 안에 들었다. 일진인 진희가 말이다.

소문은 빠른 만큼이나 은밀했다.

아이들에게 무슨 일이 벌어졌다는 것은 분명했지만 정확히 어떤 종류의 일인지 — 학원인지 과외인지, 특급 족집게 선생인지 독일산 특수 영양제인지 계룡산 만공도사 특별 부적 때문인지 아무도 알지 못했다. 그렇지만 엄마들 사이에서 소문은 꾸준히 퍼져 나갔고, 수업시간에 딴 짓에 열중하거나 졸면서도 성적이 올라가는 아이들은 점점 늘어났다.

뭔가 큰 소동이 일어나고 있는 조짐이 뻔했지만 현우는 신경 쓰지 않았다. 학원이든 영양제든 부적이든 현우와는 상관없었다. 단과학원 하나 다니기도 간당간당한 형편에 뭐가 됐든 뭐, 어쩌라고. 그렇지만 엄마는 어떻게 된 건지 알아보라고 날마다 현우에게 성화였다. 재희하고 친하니까 물어보라고 채근했다. 웃기시네. 학교에서 현우를 괴롭히는 애들 중에서도 제일 심한 게 바로 재희였다.

그런데도 엄마는 어쩌다 학부모회의에서 재희 엄마를 만나 몇 마디 해보곤 멋대로 재희를 현우 친구로 착각하고 있는 것이다. 결국에는 반장인 종호 엄마한테 전화해서 이리저리 뱅뱅 돌리다 간신히 물어보더니, 뭐라뭐라 귀를 기울이다가 얼굴이 새빨개져서 수화기를 내려놓았다. 그리고 옆에서 구경하던 현우에게 화를 냈다. 니가 공부만 잘해도 엄마가 이런 꼴 안 당하잖아! 얼렁 가서 공부 안 해?! 현우는, 쳇, 누군 좋아서 공부 못하나, 대꾸하고 싶었지만 글썽글썽한 엄마 눈을 보니 할 말이 없어졌다. 그냥 밖으로 나갔다.

독서실에 가야 했지만—누구 좋으라고, 흥! 엄마 아빠가 돈 없으니 너라도 공부 열심히 해야 한다는 게 엄마 입버릇이지만, 현우는 억울했다. 우리 집 가난한 게 나랑 무슨 상관이고 무슨 자랑인데—가기 싫었다. 현우는 잠깐 망설이다 지하철역으로 갔다. (돈이 없으면 갈 곳도 없고 친구도 없다. 현우는 대개 동네 도서관이나 시내의 대형 서점을 혼자 쏘다녔다. 서가 사이를 걷다 보면 이상하게 마음이 가라앉곤 했다.) 마음이 답답해서 조금이라도 멀리 가고 싶었다.

서점에서 현우의 발걸음은 언제나처럼 과학도서 코너로 향했다. 거기에는 컬러판 우주 사진들이 잔뜩 실려 있는 책들이 잔뜩 있었다. 현우는 무아지경 속에서 몇백 광년 밖의 세계로 빨려 나갔다. 별들의 빛, 별들의 색, 별들의 광휘. 그 앞에서는 성적표도, 앞머리 5센티도, 복장 검사도, 대학 입시도, 군대도, 취직도, 길어야 팔구십

년일 인생도 얼마나 작아 보이는지. 그 얼마나 하잘것없어 보이는
지. 도대체 왜 거기에 얽매여 살아야 하는지. 현우는 한숨을 푹 내
쉬었다. 하지만 결국은 별들일 뿐이었다. 밤하늘에 조그맣게 빛나
는, 현우완 상관없는 다른 세상의 이야기들일 뿐이었다. 현우도 알
고 있었다. 결국에는 독서실에, 집에, 학교에—현실에 돌아가야만
한다.

독서실은 어둡고 퀴퀴했다. 책상마다 스탠드가 켜져 있었지만
대개는 비어 있었고 몇몇 애들은 엎어져 자고 있었다. 한심했다.
하지만 자리에 앉자마자 현우도 졸리기 시작했다. 문제집을 펴 들
었지만 글자가 눈에 들어오지 않았다. 종이 위에서 현우의 시선은
낭창낭창 한없이 미끄러지기만 했다. 위의 밑줄 친 (다)의 혁명을
통해서 (라)와 같은 국가를 출현시킨 부르주아가 원한 것으로 적합
하지 않은 것을…… 다음 글을 읽고 물음에 답하시오. After
reading your letter of May 1st, I can thoroughly understand why
you are…… $[\log 2x] + [-\log 2x] = 0$을 만족하는 자연수 x를 작은
수부터 차례로 $a_1, a_2, a_3, \cdots$이라 할 때, $a_1 + a_2 + a_3 + \cdots + a_9$
의 값을…… 다음 중 (가)에 대한 설명으로 틀린 것? ① 이분법적
대립이 선명하게 제시되어 있다. ② 추상적 관념을 구체적 이미지
로 형상화하였다. ③ 현실을 바라보는 시인의 역사의식이 나타나
있다. ④ 과거와 현재의 대비를 통하여 주제를……

눈을 떴다. 어깨 위에 누군가 손을 얹고 있었다. 집에서 전화 왔다. 총무 아저씨가 현우에게 말했다. 침 닦고 일어난 현우는 책가방을 챙겼다. 몸이 노곤했다. 이상하게 머리가 지끈지끈 아팠다. 감기 걸렸나 봐. 밖에 나오니 밤공기가 쌀쌀했다. 현우는 별도 없이 캄캄하기만 한 밤하늘을 올려다봤다. 지하철 창밖으로 내다보이던 땅속 같았다. 문득, 천체 사진들이 떠올랐다 — 이제 진짜 밤하늘은 책 속 사진에만 들어 있는 걸까. 별들이 반짝이지 않는 밤하늘이 밤하늘일까. 아니야. 현우는 혼잣말로 중얼거렸다. 하얀 입김이 검은 바람 속에서 부서졌다. 저게 진짜 밤하늘이야. 별 같은 건 없어. 저게 진짜 세상이야. 반짝반짝 빛나는 건 다 가짜야.

현관문을 따고 들어서니 엄마가 졸린 눈으로 안방에서 빠끔히 내다봤다. 뭐 좀 줄까? 아뇨. 현우는 뒤돌아보지 않고 작은방에 들어가 처박히듯 누웠다. 자다 왔느냐고 추궁하지 않는 엄마가, 자다 왔는데도 까맣게 모르는 척 뭐 해줄까 하고 묻는 엄마가 알 수 없이 짜증 났다. 미워하고 화낼 수 없어서 싫었다. 현우는 이불을 뒤집어썼다.

교과서처럼 지루하고 지긋지긋한 나날들이 지겹게 계속됐다. 성적이 좋아지는 아이들이 갈수록 늘었다. 선생님들은 점점 더 당황하고 기가 죽었다. 수업시간에 어떤 질문을 해도 많은 아이들이 어려움 없이 척척 대답했다. 점점 설명하다 말고 뽐내듯 애들한테 문는 선생들이 줄어들었다.

쉬는 시간에 복도를 지나가다 애들 몇이 모여 수군거리는 걸 현우는 들었다. 씨발, 존나 이러다 다들 백 점만 맞으면 어떻게 되지? 몰라 쌤, 어떻게든 되겠지. 다 일등급 받는 건가? 아냐, 그렇게는 안 되는 걸껄?

정말로, 가슴이 덜컥했다. 정말로, 나 빼고 다들 백 점을 맞으면 어떻게 될까? 어쩌면 거꾸로 나만 대학에 가게 될지도 몰라. 뭔가 정직하고 특이하다고 나만 뽑아주는 거야. 현우는 몽상했다. 그렇게 될 리가 없다는 건 물론 너무나 잘 알았지만.

불안해지면 늘 그렇듯 몽상은 발도 없이 만 리 밖을 달렸다. 현우는 도서관과 대형 서점을, 독서실 대신 쏘다녔다. 걸신들린 것처럼 우주과학 관련 책들을 읽었다. 넋 놓고 천체관측 사진들을 들여다보았다. 볼 때마다 마음이 온통 빨려 나가는 것 같았다. 마침내 진짜 세계는 그곳이라고 믿고 싶어졌다. 이 정말 웃기지도 않게 짜증 나는 세계는 가짜라고, 거짓이라고. 나는 저 세계에 속한 사람이라고. 여기에는 사고를 당했든 벌을 받든 해서 굴러 떨어지게 된 거라고. 그건 정말 솔깃한 몽상이었다. 그렇다면 왜 재희 패거리가 현우를 놀리고 비웃고 귀찮게 굴며 좋아하는지 알 수 있었다. 내가 외계인이라서, NH-856 은하계에서 지구를 정복하러 몰래 내려온 선발대라서 그런 거다……

2

아론들이 나도 내려가야 한다고 했을 때, 다른 어으들과 달리 나는 겁이 나고 가고 싶지 않았다. 그러나 항성 간 전송은 채 굳어지지 않은 본연체를 가진 어으들만이 가능했고, 아론들의 노화된 기반체들에서는 재생산이 더 이상 이루어지지 않고 있었다. 몇 공전주기 동안 나는 다른 어으들과 함께 침투 계획의 개요와 상황별 세부 전술 교리들을 훈련받았다. 그리고 그동안 아론들은 원격 탐사로 적당한 세계들을 찾아냈다. 그중 한 곳은 산화규소로 이루어진 별이었고, 가장 큰 특징은 막대한 양의 제2상태 산화수소가 존재한다는 것이었다. 탄소 기반의 생명체가 번성하기에 안성맞춤인 세계였다. 아론들은 찾아낸 별들을 향해 정복 전파를 발신했다.

하지만 나는 점령이나 정복이나 복속 같은 단어를 좋아하지 않는다. 물론, 그것들이 일반적으로 순환계를 활성화시키는 개념들이라는 것까지 부정하지는 않겠다. 특히나 우리 종족은 그것들을 통해 삶을 영위해왔다. 기반체들의 자기 복제 코드의 물질적인 발현은, 그 근간적인 속성상 한계 시효가 있었다. 그 기간을 지나면 정보는 유실되고, 재생산은 이루어지지 못한다. 그전에 다른 기반체들의 세상을 찾아내어 그들의 본연체를 구축해야 한다.

하지만 도대체 무엇을 위해서?

침공학교의 초급, 중급, 고급 과정을 지나오면서 그 어떤 강사도 내가 만족할 만한 대답을 해주지 못했다. 그들은 판에 박힌 인민훈련헌장이나 소식지의 논평들을 되풀이했다. 왜, 우리는 다른 종족들의 신경계를 제압하고 그들의 신체를 우리 종의 영속을 위해서 소모해야 하나요?

그들은 언제나 외쳤다. 악다구니를 썼다. 닥치고 훈련이나 해!

3

엄마는 언제나처럼 현우의 생각, 입장, 기분은 생각하지 않고, 혼자 좋아서 어쩔 줄 몰라 헤벌쭉 웃으며 독서실에서 다섯 시간 동안 시들고 온 현우를 맞았다. 뭐 좀 먹을래? 아니요. 피곤하지? 아니요. 빨리 들어가 자고 싶은데 좀처럼 놔줄 기세가 아니었다. 도대체 뭔데요? 응? 뭐 할 말 있는 거 아녜요? 얘가, 말버릇이……. 할 말이나 하세요. 됐어!

도대체 사춘기인 건 현운데 히스테리 부리는 건 왜 엄만지, 이번에도 도무지 알 수가 없어서 현우는 방에 들어가 이불을 뒤집어썼다. 현우는 잠들기 직전이 하루 중에서 가장 좋았다. 그다음으로 좋은 건 점심시간에 급식 먹고 복도 정수기에서 마시는 차가운 물한 컵. 그 나머지—열일곱 현우의 인생 하루하루는, 교과서와, 참고서와, 그만큼이나 또 퍽퍽하고 답답한 잡동사니들로만 가득 차 있었다.

결국엔 말할 거면서. 다음 날, 엄마는 거두절미하고 따라오라 했다. 그렇게 따라갔던 독서실과 종합반 학원들과 과외 선생들이 기억나 현우는 당연히 발버둥쳤다. 현우는 좀 그랬다. 없는 집 맏아들들은 대개 그런 걸까, 하여간 한탕주의 도박과는 거리가 멀었다. 물론 좋은 성적 받아 좋은 대학 가고 싶은 건 누구나 마찬가지겠지만, 그렇다고 집안 기둥뿌리까지 뽑아가며 그러고 싶은 건 아니었다. 어떻게든 최대한 안정적으로—최소한의 투자로 최소한의 이익을 확보하고 싶었다. 가뜩이나 요샌 좋은 대학 나와도 취업하기 어렵다고들 하는데. 물론 엄마들, 그리고 엄마들 기세에 눌린 아빠들이야 최대한 판돈을 올려 거는 데 목숨 걸고 매달리지만.

억지로 끌려간 곳은 어느 대학의 실험실이었다. 실험실의 늙은 대머리는 엄마한테 기분 나쁘게 끈적끈적한 귓속말로 물었다. 엄마는 순진하게 대답했다. 영남이한테 들어서 알고 왔어요.

영남 아줌마는 현우 엄마의 국민학교 동창이었다. 엄마는 종종 옛날에 자신이 얼마나 잘나가는 얼짱-노래짱-성적짱이었는지 자랑하곤 했다. 그 영웅담의 필요 불가결한 주인공 띄우기용 조연이 바로 영남 아줌마였다. 그러니까 엄마는 현우를 위해 과거의 그 보잘것없던 조연에게 머리 숙이고 해답을 찾아냈다는 거였다.

늙은 대머리 박사는 현우 머리에 이상한 기계를 씌운 다음 또 다른 이상한 기계 속에 집어넣더니 뭐라뭐라 중얼중얼거리면서 종이에 끼적끼적거리고는 쏼라쏼라 떠벌였다. 엄마는 그럴 때마다 마치 다 알아듣겠다는 듯이 고개를 끄덕였다. 짜증 나 죽는 줄 알았지만 그건 단지 예비 검사일 뿐이었다. 대머리 박사는 한껏 폼 잡으며 잠깐 기다리라더니 그렇게 서너 시간 동안 내버려 두었다. 그러더니 또 뜬금없이 불러서는 미장원 파마 기계같이 동그랗게 생긴 걸 머리에 씌운 다음 꼼짝 말고 숨도 크게 쉬지 말라며 잔뜩 엄포를 놓았다.

4

나는 아직 준비가 다 되었다고 생각하지 못했는데 아론들은 나와 동급생들에게 수료완료증을 쥐여주더니 내려가라고 했다. 나는 반 질질 끌려가다시피 전송식장으로 인도됐다. 거기서는 아론들이 숭고한 승리전송가를 합창했고, 교장 아론이 눈물을 뚝뚝 흘려가며 훈화의 말씀을 들려주었다. 그동안 우리는 하나씩 자의 반 타의 반 전송기 속으로 밀어 넣어졌다. 우리 세계와 그들 세계 사이를 잇는 어두우면서도 밝은 구멍이 아래에 열렸다. 나는 정보적으로 분해되어 전송된 다음 재조합되었다. 그 모든 과정은 눈 깜짝할 사이에 일어났고, 다시 눈을 떴을 때 나는……

5

눈을 떴다. 박사는 빙글빙글 웃고 있었다. "뭔가 달라졌지?" 박사가 말했지만, 아무것도 알 수 없었다. "뭐가요?" 그 말에 엄마가 의심스러워하는 기색을 보였다. 황급히 박사가 말했다. "아, 물론 지금 당장 느끼지는 못하겠지. 하지만 좀 이따가 가서 공부를 해본다면 뭔가 달라진 걸 느낄 수 있을 거야. 아무래도 성적과 관련된 처치니까 말이야." 하지만 엄마는 여전히 시큰둥한 표정이었다. 초조한 표정이 박사 얼굴에 드러나기 시작했다. "아무래도 잔금은 좀 이따가 봐서 드려야겠네요." "네? 저, 무슨……." 한참 실랑이 끝에 엄마는 결국 돈을 치르고 꼭꼭 눌러쓴 영수증 받아 꼼꼼히 챙긴 다음 집에 돌아왔다. 쪽팔려 죽는 줄 알았다.

박사는 머릿속에 재구성된 뉴런 회로가 충격에서 회복되려면 조금 쉬어야 된다고 했고, 엄마는 오늘은 독서실 가지 말고 집에 있으라고 했다. 그래서 가만히 마루에 앉아서 TV를 틀어놓고 무작위로 쏟아져 나오는 이 행성의 여러 가지 정보들을 그냥 가만히 받아들이기 시작했다. 이 행성은 정말 웃기게 원시적이었다. 좀 더 긴 시간을 차지하니 본론 격일 담론들의 정보 밀도는 하품이 날 정도로 바닥을 기고 있었고, 오히려 본론들 사이사이에 끼어 있는 턱없이 짧은 이야기들의 정보 밀도가 더 높았다. 하지만, 정작 그것들은 도무지 무슨 의도를 가진 발환지 알 수 없었다.

　　현우는 머리가 둔해진 걸 느꼈다. 얼음처럼 얼얼했다. 박사가 쉬라고 한 건 아마 텔레비전 보는 게 아닌 모양이었다. 광고마저도 낯설고 이해할 수 없었다. 현우는 텔레비전을 끄고 소파에 누운 채 팔로 눈을 가리고 잤다. 아니, 자려고 했다. 이 기반체들의 조악한 신경체계는 외부 정보를 처리하기가 버거워서 정기적으로 일정 시간은 입력을 차단하고 저장된 정보를 재배치하는 데 몰두해야만 하는 모양이었다. 끼어들기에 가장 적당한 기회였다. 효율적인 정보 처리에 방해되는 군더더기 기억들을 밀어내고 유기적 연산 단자들을 재배열하면 현우는 시술이 도움이 되었다고 생각해 의심하지 않을 거고, 그러면 이 행성에서 벌어지는 일들에 대한 정보를 모은 다음 현우를 구축해버리면 된다.

　　……고 생각했다. 그러기 위해 현우의 자아에 접촉해보았다.

6

교과서 같은 나날들이 그 후로도 계속됐다…….

하지만 현우는 이미 교과서가 그렇게 지루하거나 지겹다고 생각하지 않게 되었다. 오히려 지나치게 말랑말랑해서 어수선한 느낌. 좀 더 간결하게 정리해놓았다면 효율적이었겠으나, 문제될 건 없었다. 현우는 이미 연습장에 몇 번씩이나 교과서를 요약해서 현우만의 간결하고 효율적인 노트를 만들었다. 그것은 사실 더 완벽한 정리를 위한 발판일 뿐이었다. 요점 정리의 순수한 결정체는 오직 현우의 머릿속에만 고스란히 구현되었다. 현우의 머릿속은 수많은 도표와 화살표, 기호, 약어 들로 가득 찼다.

그에 비례해서 이 행성에 대한 이해도 점점 늘어갔다. 이 행성의 개략적인 에너지 순환 경로나 지배종의 군집 구조, 생태계의 진화 과정 등을 파악했다. 아마 다른 어으들도 이미 수집한 정보였겠지만. 이미 내려와 있던 어으들은 전반적으로 심드렁했지만, 그래도 지금까지의 준비 사항들을 보여주긴 했다.

재희가 이상하게도, 무뚝뚝하지만 어딘가 너도 알고 나도 알고 있는 일이 있다는 식의 태도로, 현우를 학교 지하로 데리고 갔다. 거기엔 매일 모여서 몰래몰래 담배나 피우는 밴드부들의 음악실과 관계자 외 출입금지인 커다란 보일러실이 있을 뿐이었지만, 현우의 발은 현우의 의지와 상관없이 움직였고, 그곳에서 현우를 기다리던 것들도 현우의 기대와 상상을 배반한 것이었다.

원래 구조에서 뜯어낸 난방용 파이프들이, 굵게 꼬여 이리저리 벽을 뚫고 지나가고 있었다. 피아노 대신 컴퓨터들이, 특유의 부지런한 기긱거리는 하드디스크 회전음을 쉴 새 없이 내지르며 깜빡이고 있었다. 원래는 정보실습실에 있던 낡은 펜티엄 컴퓨터들이었지만 어으들이 개조해서 병렬 분산화시켜놓은 것이었다. 그 거대한 구조물 앞에 서는 순간 현우는 한눈에 그 목적과 원리를 파악할 수 있었다. "입자 가속기로군." 모니터를 들여다보며 전자사전을 개조한 휴대용 컴퓨터에 무언가 기록하고 있던 희석이가 대답했다. "응. 물론, 물질 입자를 가속하는 건 아니지만." 현우가 말을 받았다. "응. 당연히 정신 입자들이겠지."
정신 입자들이 가속되고 충돌되는 파이프라인 아래에는 음악 선생님이 의자에 묶여 있었다. 노출된 두개골에 몇 개의 스트로가 삽입되어 실험에 사용될 정신 입자들이 추출되고 있었다.

7

선생님들이 하나 둘씩 사라졌지만 학교에서는 수업을 계

속했다. 출장을 가거나 연수를 갔다고 했다. 병가를 냈다고도 했다. 물론 모두 뚜껑이 열린 채 지하 보일러실에 모여 있었지만. 보강 시간이 많아졌고 아이들은 묵묵히 자습을 했다. 쉬는 시간이나 점심시간에도 나가서 놀거나 매점에 가거나 복도를 뛰어다니거나 교실 창가를 서성이는 아이들이 갈수록 줄어들었다. 모두들 묵묵히 자습했다.

그리고 전국 학력평가 시험을 봤다. 반 석차나 전교 석차는 그저 그랬지만 전국 석차가 장난 아니었다. 당연했다. 시험 같은 건 이제 시시해져버렸다. 문제를 읽으면 정답이 보였으니까. 정답이 아리송한 문제들도 몇 있었지만, 그건 문제가 문제 있는 거였다. 어쨌거나, 결국 학교는 신문과 방송에 대서특필됐다. 전교생의 90%가 전국 10% 안에 든 학교! 학원이나 과외도 일절 없이 오로지 수업과 자기주도학습만으로 기적을 이루어낸 학교! 공교육의 신화! 교육 혁명의 희망! 교육청에서 몇 번인가 장학사들이 왔다 갔다. 마지막엔 교육감이랑 교육인적자원부 장관도 왔다 갔다. 선생님들은 어딘가 자신감 없이 어색한 표정으로 그 사람들을 맞았다. 몇 번이나 어색한 존댓말을 써가며 선생님들은 연구 수업, 공개 수업을 했고, 학생들은 똑바로 꼿꼿이 앉아서 강의를 경청하고 꼬박꼬박 필기했다. 빛나는 학생들의 눈빛에 방문객들은 경이로워했다. 물론 학생들의 눈이 빛난 이유는 다른 데 있었다. 모든 준비가 완료된 것이다. 입자 가속기를 통한 실험으로 통합체 변이 방정식의 상수값 보정이 이제 거의 다 끝났다. 그리고 전국이 이 학교를 주목하고 있다. 이제 성적 향상의 진정한 비밀을 밝히면 그동안 회의에 찬 시선으로 언론의 호들갑과 정부의 열광을 바라보던 사람들은 그럼 그렇지, 비로소 고개를 끄덕이며 너나 할 것 없이 한 손에 지폐 다발을 들고 다른 한 손엔 아이들을 끌고 그 대머리 박사에게 몰려갈 거였다. 보정을 끝낸 새로운 통합체 변이 방정식을 통해 사람들의 뇌에는 이제 아론들도 내려올 수 있다. 이 행성은 이제 완전히 아론들의 것이 되는 것이었다.

그런데 문제가 생겼다.

8

자기주도학습으로 이름만 바뀐 야자를 끝내고 집에 가는 길이었다. 가게들도 모두 닫고 다만 가로등 몇 개가 밤을 부옇게 더럽히고 있었다. 집으로 돌아가는 어으들의 그림자만이 텅 빈 길거리를 눈먼 거미처럼 빠르게 가로질렀다.

학교 앞 건널목 을씨년스러운 빨간 보행자 신호등 앞에서 누군가 옆에 섰다. "안녕?"

돌아보니 동윤이었다. 안녕, 놀라 대답하려는 찰나 초록불이 켜졌다. 희미하게 웃으며 동윤이가 먼저 갔다. 희미했지만 너무나 차갑고 쓸쓸한 미소였다. 순간 망연해졌다. 신호등이 깜빡거리기 시작할 때에야 발걸음을 뗄 수 있었다.

　동윤이는 여전히 성적이 오르지 않은 극소수 중 하나였다. 엄마가 좀 더 극성스럽지 않았다면 아마 나도 그랬겠지. 그런 생각이 문득 현우 머릿속에 떠올랐다.

　동윤이 엄마는 식당에 다닌다.

　아침 일찍 나가서 밤늦게야 들어온다.

　동윤이 아빠는 사업에 실패했다.

　동윤이는 엄마랑만 살고 있다.

　언젠가 언뜻 들은 게 떠올랐다. 만약 내가 동윤이라면 어떤 기분일까. 그런 생각도 현우 머릿속에 떠올랐다. 그건 엄마한테 끌려 대머리 박사에게 가기 전까지 현우가 느꼈던 감정일 것이었다. 절망감, 좌절감, 그리고 무력감.

　그래서 어쩐지 미안해져버렸다. 동윤이의 성적을 현우가 훔쳐버린 듯한 기분. 이 지구를 동윤이 같은 지구인들로부터 훔쳐버리는 것 같은 기분—그러니까, 그러니까…… 죄책감.

　집에 가는 내내 생각했다. 아론들은 너무나 당연하다고 했다. 진보한 종이 낙후한 종들을 이용해서 더 큰 진보를 이루는 것은 너무나 당연한 일이라고. 어쩌면 그게 우주 전체의 원리인지도 모르겠다. 이 낙후된 행성의 이 낙후된 종족조차 그런 원리를 너무도 당연한 듯이 받아들이며 살아가고 있지 않은가. 경쟁에서 이긴 자들이 모두 갖는다. 경쟁에서 진 자들은 아무 말도 할 수 없다. 경쟁을 통해서만이 진보는 이루어진다, 고.

그렇지만, 그렇지만 만에 하나 그것이 우주의 만고불변 원리라 해도, 그게 옳은지 — 올바른 것인지는 별개의 문제가 아닐까?

집에 돌아와 대충 씻고 자리에 누웠지만 현우는 잠이 오지 않았다. 왠지 모르게 가슴이 답답했다. 아니, 사실 현우는 왠지 알고 있었다. 당연했다. 할 일이 있는데 하지 않고 있기 때문이다.

옳지 못한 일을 보고도 고치지 않으면 의인이 아니라고, 윤리가 수업시간에 말했다. 아주 쉬운, 3.1점짜리 중간고사 문제였다. 그렇지만 현우는 갈등하고 있었다. 머리로 알기는 쉬워도 몸으로 행하기는 어렵다. 윤리시간에나 나올 법한 소리였지만 말해준 건 아마 문법이었던 걸로 기억한다. 정말로 그랬다. 옳지 못하다는 걸 알면서도, 그것을 고치는 것이 옳은 일이라는 것을 알면서도, 한없이 망설여졌다. 진실은 언제나 이렇게 고통스러운 걸까, 그렇기 때문에 사람들은 진실을 외면하는 것일까, 한번 알게 되면 다시는 외면할 수 없게 되는 걸까.

아니야. 그렇지 않아. 현우는 스스로에게 말했다. 그건 내가 순진하기 때문이야. 다들 진실을 알지만, 의식하면서도 애써 외면하며 매 순간순간을 살고 있는 거야.

현우는 현우가 잃을 것들을 생각해보았다. 지금까지 아빠 엄마가 현우를 위해 희생한 모든 것들—아빠 엄마의, 어쩌면 삶 전체. 그것을 보상하기 위해 현우가 해드려야 할 모든 것들. 현우는 아버지의 희끗한 관자놀이를 생각했다. 엄마의 부석부석한 손을 생각했다. 현우의 희망은 아빠 엄마가 더 이상 고생하지 않고 편히 쉴 수 있도록 보살펴드릴 수 있게 되는 것이었다. 그러기 위해서는 번듯한 직장이, 고정적인 수입이 필요했다. 그러기 위해서는 하라는 대로 열심히 공부해서 좋은 대학에 가야 했다. 하지만, 하지만 지금 현우가 하려는 것은……

그리고 현우는 웃었다. 생각해보니 너무 웃겼다. 쓸데없이 고민하느라 까먹고 있었다. 이런 젠장, 뭘 망설이고 있는 거지? 잃을 게 뭐라고? 어차피 이 세상은 좀 있으면 송두리째 망할 텐데!

9

대머리 박사는 침을 질질 흘리면서 낮게 신음했다. "좋아, 사실대로 말하지. 그러니까 올봄이었어. 밤이었지. 평소처럼 전파 망원경을 틀어놓고 인터넷…… 음…… 서핑을 하고 있었어. 근데 문득 자료가 제대로 입력되고 있는지 궁금해졌지. 예전에도 한번, 코드가 빠진 채로 근무 섰다가 낭패를 본 적이 있었거든. 무심코, 헤드셋을 써봤어……."

그걸로 끝이었군. 망할 늙은이. 그 순간 망원경의 안테나는 NH-856 은하계를 향하고 있었고, NH-856 은하계의 중심부에서는 끊임없이 유도 전파가 발산되고 있었고, 그 유도 전파는 가청역에서 2~3마이크로초만 노출되어도 어지간한 신경계는 바로 재정립시킬 수 있었던 것이다. 현우는 대답하지 않았다. 대답 대신 창밖에서 포성이 터졌다. 유리창을 깨고 들어온 건 하얀 연기가 나는 최루탄이었다. 대머리는 몸을 움찔했지만 현우는 재빨리 열선으로 소각해버리고 창가로 걸어갔다. ICT 수업에 쓰는, 레이저포인터 겸 리모컨을 잡다하게 개조한 조악한 열선총을 창밖으로 발사했다. 경찰차 두 대가 순식간에 폭발했고 다른 경찰들이 황급히 남은 경찰차들에서 튀어 나가는 것이 보였다. 현우는 돌아서서 대머리에게 계속하라는 몸짓을 했다. "……문득 정신을 차려보니 눈앞에 웬 설계도가 놓여 있었어. 이면지 몇 장이랑 일지 뒷면, 잡다한 책들 표지에까지, 그야말로 미친 듯이 휘갈겨진 도면이더군. 처음엔 뭔지 몰랐어. 알 수가 없었지. 일종의 유동적인 전자기장을 형성, 제어하는 장치라는 건 대략 감을 잡을 수 있었지만, 무엇을 위한 것인지는 도무지 짐작이 가지 않더군. 하지만 일단 보존해야 한다는 생각이 이상하게 머릿속을 떠나지 않았어. 마치 누군가 계속 내 귀에 대고 중얼거리는 거 같았지. 그래서 사진을 찍고, 그것도 모자라

연습장에 베껴 그리기까지 했어. 하지만 그걸로 끝나지 않았지. 실제로 만들어야 한다는 생각이 또 계속 들기 시작했어……." 결국 안 만들고는 못 배겼지. 이미 대머리 속의 뇌세포들은 온통 외부 은하에서 온 지령을 수행하느라 정신없었을 테니까. 지령에는 기계를 제작하는 것뿐 아니라 1차 기반체들을 끌어들이는 것도 포함되어 있었다. 대머리의 재편된 도파민 체계는 뇌세포들이 1차 기반체들을 소리 소문 없이 끌어들이는 최선의 방책을 찾아내도록 하는 데 성공했다. 바로 입시 경쟁에 내몰려 성적 올리기에 눈이 뒤집힌 학부모와 학생 들이 해답이었다.

　　　현우는 캠코더 스위치를 껐다. 컴퓨터에 연결해서 디코딩했다. 사이사이 경찰들에게 한두 번씩 열선을 갈겨줘야 했지만 귀찮진 않았다. 어차피 현우가 불러들인 건데. 집에서 출발하기 전에 각 신문사, 방송국마다 제보 번호로 전화했었다. 몇 시부터 어느 어느 대학 무슨 실험실에서 대규모 테러가 발생할 거라고. 물론 믿지 않았지만, 들어오는 길에 가스 배관 몇 군데를 열선총으로 그어 줬더니 소방차, 경찰차 사이에 껴서 기자들과 방송국 차들도 몰려 왔다. 현우는 다른 연구원이나 교수, 학생 들은 도망치게 놔뒀다. 다만 책걸상으로 바리케이드를 쌓은 다음, 대머리 또라이 하나가 인질로 잡혀 있다는 것만큼은 확실하게 확인시켰다. 경찰은 몇 번인가 열선총 사정거리 밖에서 확성기로 요구 사항을 물어왔지만 현우는 대답하지 않았다. 포털 사이트마다 속보로 ○○대학 사태가 중계되기 시작할 즈음, 의자에 꽁꽁 묶여 있던 대머리 또라이가 입을 열기 시작한 것이었고, 현우는 '기적의 공교육 ○○고의 진실'이란 제목으로 동영상을 인터넷 게시판들에 올렸다.

10

그러나 이야기는 엉뚱한 방향으로 흘러갔다. 덧글들은 조작이라거나 뻥이라는 얘기가 대부분이었다. 뜬금없이 삼불정책 얘기가 나오지를 않나, 또 대통령과 거대여당과 삼남 지방의 특색과 지난 정권들의 공과 과, 세계화 시대 재벌 기업 그룹들의 당위성이라든가, 개신교의 역사적 정통성이라거나, 삼국시대나 조선 상고사 얘기까지도 들먹여지고, 물론 또 당연히 공인중개사 사이트랑 다이어트짱 몸매짱 선전도 끼어들면서 아예 삼천포로 굴러 떨어졌다. 뭐, 인터넷이 다 그렇지. 현우는 담배 한 대 피워 물고 느긋이 기다렸다,라고 하면 멋졌겠지만, 아쉽게도 담배가 없었고, 사실 피울 줄도 몰랐다. 젠장. 소심해서 탈선도 못하다니. 현우는 스스로가 한심했다.

그리고 대머리 또라이가 문득 입을 열었다. "이젠 뭘 어떻게 할 거지?" 현우는 대답하지 않았다. 할 말이 없었다. 계획B 같은 건 없었다. 이제 할 수 있는 일은 다 한 것이다. 결과는 신통치 않지만, 청와대나 교육부 장관한테 편지를 쓰는 것보단 나았다고 현우는 생각했다. "혹시 뭔가 참회나 반성을 바란다면 말이지," 대머리가 말을 이었다. "기대하지 마. 난 내가 한 일에 대해서 떳떳하니까." 기대한 적 없었는데. 무슨 소린가 현우가 쳐다보자 대머리 박사는 계속 지껄였다. "난 사람들이 원하는 걸 해줬을 뿐이야. 넌 안 그랬어? 네 어머니도 안 그랬냔 말이야? 이 더러운 세상에서 누구나 원하는 거였어. 그렇지 않아? 아무 새끼든 밟고 올라가는 거 말이야. 난 단지 도와준 것뿐이라고."

현우는 대답하지 않았다.

경찰이 몇 번 더 앵앵거렸다. 열선총으로 몇 번 더 쏴줬다. 결국엔 현우가 누군지 알아냈는지, 확성기에서 엄마 목소리가 들려온 적도 있었다. 엄마는 울먹거리면서 엄마가 잘못했다고, 엄마가 잘못했으니까 이제 그만 하고 빨리 내려오라고 했다. 현우는 짜증이 났다. 이상하게 목시울이 뜨거워져서 몇 번이나 헛기침을 하고, 가래침을 내뱉듯이 간신히 한마디 외쳤다. "엄마가 잘못한 게 뭔데? 이건 엄마하곤 상관없는 일이야! 엄만 그냥 내가 공부 잘하는 것만 바란 거뿐이잖아!" 이상하게 눈앞이 뿌예지는데 또 아빠 목소리까지 들려왔다. "애야, 엄마 아빤 너뿐이다. 공부 잘하거나 운동 잘하는 것보단 그냥 너만 있으면 된다!" 현우는 콧물을 닦으면서 외쳤다. "됐어요! 이제 너무 늦었어요!" 그리고 열선을 되는 대로 쏘았다. "이 개새끼들아! 우리 엄마 아빠보고 뭐라고 하지 마!"

그랬더니 한동안은 잠잠해졌다. 대머리는 포기한 듯 땀에 흠뻑 젖은 옷깃 사이에 고개를 파묻고 코를 골았고, 인터넷에는 여전히 별다른 반응이 없었다. 젠장. 하지만 그때였다. 갑자기 속보란에 새로운 기사가 떠올랐다. '○○고등학교 교사, 양심선언 후 음독자살'이라고 했다. 에?

화학이었다. 현우들은 그를 그냥 실험실에서 주절거리며 시간만 때우는 머저리로 알았었다. 그런데 세상에나, 화학이 남긴 유서에는 학교의 최근 수상쩍은 변화들이 모조리 꼼꼼하게 기록되어 있었다. 사라지는 교사들, 수상쩍은 학생들, 이상한 소음이 울려 퍼지는 학교 건물…….

그러자 불현듯, 교육청에서 장학사 몇 명이 학교에 나온다고 했다가 사라진 사실이 익명의 소식통을 통해 유명 일간지에 확인됐다. 언론에 민감한 당국은 곧바로 전경들을 출동시켰다. 그래서 비로소, 대한민국 전경의 무시무시함이 또 한 번 위력을 발휘했다.

어으들은 급조한 파동포와 입자 장벽과 반물질 발사기로 맞섰지만 베테랑 전경들의 실전 전투력에는 미치지 못했다. 게다가 청바지에 티셔츠 차림으로 양손에 쇠파이프 하나씩을 휘두르며 난입하는 괴청년들 앞에서는 후문에서 본관 현관까지 한꺼번에 뚫려버렸다. 지하실에서 두개골이 절개된 채 묶여 있던 선생들이 구출─혹은 수집되는 광경은 생방송으로 전국에 중계되었고, 2층에서 3층, 4층으로 쫓겨 올라가던 어으들은 마침내 4층 전체를 날려버리며 장렬하게 폭사……하려고 했지만 발 빠르게 들이닥친 전경들의 진압봉에 휘둘려 맞고 모조리 뻗어버렸다.

11

현우는 컴퓨터 책상에서 일어나 창가로 갔다. 소식은 이미 전해졌는지 창밖의 경찰들은 당황한 기색이 역력했다. 갑자기 피로가 밀려왔다. 얼굴 위로 별처럼 쏟아지는 현기증 속에서 현우는 자칫 그 자리에 주저앉을 뻔했다. 허탈했다. 실감 나지 않았다. 방금, 외계의 침공으로부터 지구를 구해냈다는 사실이. 현우는 속으로 생각했다. 마침내 다 끝났군. 이제 어쩐다? 하지만 현우는 틀렸다. 그래서 마침내, 내가 개입하기로 했다. 아직이야. 아직 다 끝난 게 아니야.

"뭐가? 넌 누구지?" 현우가 물었다. 나는 대답했다. 알고 있었잖아. 난 너야.

이곳에서 처치를 받고 처음 눈떴을 때부터 나는 현우와 함께 있었다. 현우에게 접촉했을 때 나는 마치 내 잃어버린 반쪽을 만난 느낌이었다. 그래서 결국, 나는 현우를 내쫓지 못하고 도리어 결합하게 되었다. 마치 물이 물에 섞이듯. 그리고 현우도 그런 내 존재를 나와 마찬가지로 자연스럽게 받아들였다. 현우도 내가 낯설지 않았으니까. 지금 이렇게 구별해서 사용하고 있지만 나도 현우도 처음부터 하나였다―내가 현우에게 오기 전부터. *혼자는 아니다 / 누구도 혼자는 아니다 / 나도 아니다.* 정말로, 이 우주 안에서 우리는 누구도 결국 외로운 존재가 아닌지도 모르겠다. 다만 아직 만나지 못했을 뿐인 것이다. 나는 이어 대답했다. 너희 어으들. 조정체를 내쫓긴 기반체들 말이야. 내쫓긴 조정체를 다시 찾아줘야지. 현우는 내가 일컫는 조정체라는 게 일종의 영혼―혹은 정신이라고 추측했다. "그게 지워진 게 아니라 내쫓긴 것뿐이란 말이야?" 내가 대답했다. 비슷해. 은하인류학적 연구를 위해 백업본은 모두 전송하게 되어 있어. "전송? 어디로?" 음, 아마도 저건가. 현우는 내 간섭에 의해 들어 올려진 손가락 끝을 바라보았다. 별 하나가 빛나고 있었다. 현우는 웃었다. 별자리 책들에서 익히 읽었고, 밤마다 집에 가는 길에 올려다봤던 별―실은 별이 아니지만―이었다. 웃을 수밖에 없었다. "저기로 가자고? 그러니까, 잃어버린 개념을 찾아서, 안드로메다로?"

　"못 말리겠군." 현우는 고개를 저었지만 머릿속에서 나

* 김남조 「雪日」, 고등학교 국어 하, 288면에서 재인용.

는 고개를 끄덕였다. 그 애들을 구할 수 있는 건 너와 나밖에 없어.

"좋아, 어떻게 하면 되지?"

간단해. 나는 대답했다.

12

현우는 내 말대로 한다. 대머리의 실험실 한 켠의 수신기. 패널을 열고 회로를 역전시킨다. 그리고 그 위에 앉는다. 나는 여러분에게 앞으로 벌어질 일에 대해 설명하기 위해 이 글을 지금 쓰고 있다. 이제 스위치를 올리기만 하면 된다. 여러분은 이 조잡한 기계 위에 올려진 우리의 육신과, ○○고등학교에서 잡은 불쌍한 친구들의 육신을 그대로 보관해주기만 하면 된다. 곧 돌아오겠다. 잃어버렸던 친구들과 함께. 그때까지, 부탁한다.

자, 그럼 이제, 또 다른 이야기의 또 다른 시작이다.

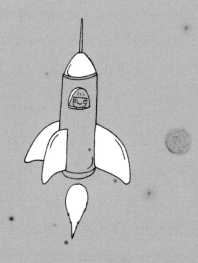

배명훈━━━━━★★

엄마의 설명력

1

엄마는 과학자였어. 천문학자. 심하게 똑똑한 아줌마였지. 어렸을 때는 나도 이다음에 자라서 엄마처럼 됐으면 좋겠다고 생각했을 정도니까. 물론 엄마가 뭐든 완벽했다는 건 아니야. 요리는 진짜 못했거든. 중학교 졸업할 때쯤 되니까 내가 한 밥이 엄마가 한 것보다 더 맛있는 거 있지. 하지만 그런 건 상관없었어. 우리 엄마는 그래도 참 열심히 하는 엄마였으니까. 혼자 나 키우면서 그만큼 해줬으면 됐지, 뭘 더 바라겠어.

나는 초등학교 때까지만 해도 공부를 꽤 했거든. 엄마가 과학자라는 걸 아는 선생님들은 내가 엄마 영향을 받아서 똑똑한 거라고 했어. 잘 모르고 하는 소리였지. 아주 어렸을 때부터 또래 아이들보다 키가 컸고, 어른스럽다는 말도 많이 듣긴 했어. 게다가 한글도 일찍 깨치고 영어도 빨랐거든. 그래서 나는 내가 천재인 줄 알았어. 나중에 알고 보니까 그게 아니더라고. 엄마가 날 한국으로 입양해 올 때 내 생년월일을 잘못 알았던 거야. 그래서 나는 같이 자란 애들보다 생물학적으로 두 살이나 많았던 거지. 서른 살 때 알았어. 사실은 내가 서른두 살이라는 거.

엄마랑은 그렇게 사이가 좋지 못했어. 일단 우리는 피부색도 다르고 눈동자 색깔도 달랐으니까. 어렸을 때는 그게 제일 큰 문제라고 생각했는데, 사실 그건 그렇게 큰 문제가 아니었을지도 몰라. 진짜 문제는 우리 엄마의 황당한 거짓말이었거든.

엄마는 천생 과학자였어. 애가 뭘 물어보는 걸 귀찮게 생각하지 않았거든. 엄마들은 다 그런 줄 알았어. 그런데 내가 어른이 되고 나서 보니까 나는 그렇게 못하겠더라. 꼬치꼬치 캐묻는 애들을 보면 왜 저러나 싶어. 나도 그런 애였지만.

우리 대화는 이런 식이었어.

"엄마, 엄마. 텔레비전은 왜 네모야?"

"네모? 글쎄. 옛날에는 텔레비전도 없고 영화만 있었거든. 영화가 네모니까 텔레비전도 따라한 거겠지."

"영화는 왜 네모야?"

"영화 필름이 네모니까."

"필름이 뭐야?"

"필름? 필름 몰라? 저번에 최 박사 아저씨가 사진기에서 꺼낸 거 봤잖아. 까맣고 길쭉한 데 사람 그림 들어가 있는 거."

"아, 그거. 그럼 영화도 사진기로 찍어?"

"옛날에는 사진기로 찍었지. 사진을 따발총처럼 다다다다 빨리 찍어주는 기계가 있어요. 그걸로 찍은 다음에, 그 사진을 다다다다 빨리 넘겨주는 기계에 걸면 움직이는 그림처럼 돼."

"엄마, 엄마. 그럼 필름은 왜 네모야?"

"음. 사진기가 없었을 때는 그림을 그렸는데 스케치북이 네모잖아. 필름이 스케치북 따라한 거야."

"그럼 스케치북은 왜 네모야?"

"그건, 음. 그건 말이지. 너도 이제 알 때가 됐구나. 이건 비밀인데 사실은 세상이 네모거든. 세상이 네모니까 세상을 그리려면 네모로 그려야 되는 거야."

"세상이 네모야?"

"응. 네모야. 과일 먹자."

그런 식이었어. 엄마는 자상하기는 했는데, 질문이 길어지면 자꾸 옆길로 샜어. 그리고 아무 생각 없이 세상이 네모라고 대답했던 게 아마 나중에 엄마의 거짓말이 눈덩이처럼 불어나게 된 시작점이었을 거야. 나는 엄마 말이니까 다 그대로 믿었거든. 엄마는 마음만 먹으면 웬만한 어른들도 속여 넘겼으니까.

초등학교 때 우리 동네에 유선이라는 애가 있었어. 걔 엄마가 중학교 국어 선생님인가 그런데, 내가 유선이보다 공부를 좀 더 잘하니까 이 아줌마가 심심하면 우리 집에 놀러 와서 엄마 신경을 툭툭 건드려요. 하루는 엄마가 백두산 관광인가를 갔다 와서 그거 자랑하느라고 유선이 엄마한테,

"먼 데 갔다 왔더니 시차 적응이 안 돼서 피곤하네."

하고 말했거든. 물론 반은 농담이었어. 근데 유선이 엄마가 그 말을 듣고는 약이 올랐는지 비웃는 투로 이러는 거야.

"묵희 엄마, 거기는 북쪽이라서 시차 같은 거 없잖아요."

별거 아닌 말이었는데, 그 아줌마 표정이나 말투를 보면 별거 아닌 게 아니었어. 완전 시비였지. 그 소리를 듣고 발끈했는지 엄마가 정색을 하면서 이러는 거야.

"유선이 엄마. 북쪽이 왜 시차가 안 나요? 러시아에 가면 백야도 있잖아요. 북쪽으로 가면 낮 길이가 달라지는 거예요. 동남아 관광 같은 데만 가봐서 잘 모르시나 본데, 북쪽은 달라요. 북극은 아예 일 년에 반은 낮이고 반은 밤이라구요. 단군 신화에서 곰이 삼칠일 간 마늘이랑 쑥 먹은 게 어디 딱 21일인 줄 아세요? 극지방에서 21일이면 21년이에요. 우리 민족이 북쪽에서 온 민족이잖아요. 알지도 못하면서. 과일이나 드세요."

그러니 아줌마가 뭐라겠어. 아줌마는 국어 선생님이고 엄마는

천문학 교수였는데. 그 광경을 빤히 지켜보고 있던 나는 또 어땠겠어. 엄마 말이니까 다 믿었지. 그래서 결국 내가 어떻게 됐는지 알아? 나는 초등학교 3학년 때까지 지구가 구부러진 4각 평면이라고 알고 있었어. 이런 식이었거든.

"근데 지구가 왜 구부러져 있어?"

"수평선 너머로 배가 넘어가는 거 보면 자동차가 언덕 내려가는 것처럼 사라지잖아. 그게 다 지구가 둥그렇게 구부러져 있어서 그런 거야. 과일 먹을래?"

엄마는 전에 세상이 네모라고 했던 말을 스스로 부인하기가 싫어서 그렇게 말했던 거야. 그런데 나는 고1 때까지도 엄마 말을 그대로 믿고 있었어.

거기까지는 좋다 이거야. 제대로 가르쳐준 게 훨씬 많았으니까. 하지만 나를 결정적으로 탈선하게 만든 사건이 있었어. 6학년 때였어. 눈병이 돌 때였거든. 나도 운 좋게 눈병에 걸려 아주 신이 나서 집으로 달려갔어. 집에서 그런 광경을 보게 될 줄은 몰랐지. 글쎄 집에 갔더니, 엄마가 어떤 백인 남자랑 이상한 짓을 하고 있었던 거야. 내가 들어오니까 막 당황해서 어쩔 줄을 몰라 하고 난리였는데, 지금 같으면 다 이해하겠지만 그때는 그럴 수가 없었어. 그때 나는 6학년짜리 여자애였다고. 또래 애들보다 두 살이나 많았지만 그런 건 어쩔 수 없잖아.

그 아저씨는 미국의 천문학자였어. 몇 년 전에 뉴스에서 한 번 본

적이 있는데, 다시 봐도 딱 알아보겠더라고. 아저씨는 내가 울음을 터뜨리는 걸 보고 주섬주섬 옷을 챙겨 입고는 휙 나가버렸어. 그렇게 도망쳐버리는 남자라니 지금 생각해보면 정말 최악이야. 엄마 입장에서 말이야. 하지만 인간적으로는 이해가 가. 그 상황에서 애가 놀라 소리소리 치면서 우는데 그럼 어떻게 해. 도망쳐야지. 남의 애를 팰 수도 없고.

하지만 엄마는 그런 인간들과는 수준이 다른 사람이었어. 적어도 침착하다는 점에서는 말이야. 전혀 당황하지 않고 이렇게 둘러대더라고.

"묵희야. 사실은 아까 그 사람이 니 아빠야. 인사도 제대로 못 시켰네."

하하. 물론 거짓말이었겠지. 하지만 나는 워낙 사리 분별을 못하는 애여서 그냥 믿어버리고 말았어. 아까도 말했잖아. 엄마가 하는 말은 다 믿었다고. 일단 그날은 그렇게 울고불고 하다가 또 어리둥절해하다가 넘어갔어. 워낙 큰일들을 한꺼번에 겪은 거잖아. 그리고 하룻밤을 자고 일어났는데, 그때부터 막 궁금한 게 생기는 거야. 그래서 아침을 먹다가 엄마한테 물었어.

"엄마, 나 입양한 거 아니었어?"

엄마는 아주 태연하게 아니, 라고 대답했어. 아침을 먹고 안과에 갔다 와서 소파에 드러누워 있는데 또 이런 생각이 드는 거야. 아니, 그럼 이때까지 엄마는 왜 나를 입양했다고 거짓말을 한 걸까.

나는 엄마한테 전화를 걸었어. 그리고 물었어. 그랬더니 엄마는,

"사실은 엄마랑 아빠는 네가 아주 어렸을 때 이혼했는데 오랜만에 다시 만난 거야. 어렸을 때 네가 그 사실을 알면 상처 입을까 봐 너한테는 말 안 했어."

하고 태연하게 대답하는 거야. 그런가 보다 했지. 그런데 한 달 뒤에 또 이런 생각이 드는 거야. 아니, 나는 피부가 가무잡잡한데 아빠는 백인이고 엄마는 한국 사람이면 말이 안 되는 거잖아. 그런 식으로 몇 달에 하나씩이라도 자꾸만 궁금한 게 생겨나는 거야. 그러면서 엄마 얼굴을 찬찬히 뜯어보기 시작했어. 내가 진짜 엄마 딸이라면 엄마를 조금은 닮아야 하는데, 어디 닮은 구석이 하나라도 있어야 말이지. 중학교 1학년 여름방학 시작하는 날에 또 엄마한테 물었어.

"엄마, 근데 엄마랑 이혼했어도 아빠가 나를 보러 올 수는 있는 거 아니야? 어떻게 십 년이 넘도록 한 번도 안 찾아올 수가 있냐. 그 사람 못된 사람이야?"

엄마는 아마도 그런 생각을 했겠지. 참 집요한 아이구나. 아무튼 엄마도 그런 뜬금없는 시점에 그런 예상치 못한 질문을 받고는 꽤 당황하는 눈치였어. 글쎄, 그날이 여름방학 시작하는 날이었다니까. 하지만 엄마는 곧 목소리를 가다듬더니 이렇게 말했어.

"못된 사람 아니야. 먼 데 가 있어서 그래."

방학이 끝날 때쯤 나는 또 그런 생각이 들었어. 아니, 엄마는 맨

날 비행기 타고 외국에 안 가는 데가 없는데, 먼 데면 얼마나 먼 데 있기에 아빠라는 사람이 얼굴도 한 번 안 비치는 걸까. 연락 한 번 안 하고 말이야. 내가 좀 똑똑한 애였으면 그 모든 의문들이 한꺼번에 생각났을 법도 한데, 그게 잘 안 되더라고. 아무튼 엄마한테 그렇게 물었어. 그랬더니 엄마가 드디어 그 결정적인 거짓말을 늘어놓기 시작하는 거야.

"묵희야. 사실 아빠는 수학자야. 우리 묵희도 수학 잘하지? 그건 아빠 닮아서 그런 거야."

하고 말이야. 엄마 설명에 의하면, 태양계 한가운데에는 지구가 있고, 그 주위를 투명하고 거대한 천구라는 게 둘러싸고 있어. 천구는 한 겹이 아니라 여러 겹이야. 왜냐하면 천구 하나하나에 행성이나 태양 같은 것들이 하나씩 매달려서 돌아가거든. 행성만 도는 게 아니라 행성이 붙어 있는 천구 전체가 자전하는 거지. 아빠는 그중에서 금성 천구를 관리하는 일을 한 거야. 금성 천구는 워낙 태양 천구에 가까이 붙어 있는 데다, 수성이랑 금성은 태양이 돌아가는 거랑 똑같은 속도로 거의 나란히 공전하거든. 그래서 내내 같은 곳에 태양열을 받아. 그러니 열 때문에 잘 휘어지겠지. 그러니까 결국 아빠는 금성 천구가 휘어진 정도를 계산하는 일을 하는 수학자였다는 거야. 끔찍하지? 수학자라니.

아무튼 그건 굉장히 복잡한 작업이었대. 보통 사람들은 행성 궤도가 완전히 동그란 원이라고 생각하는데, 사실은 타원이라는 거지. 타원은 중심이 두 개거든. 그중 하나가 지구인 셈이야. 그래서 아빠는 한 오 년에 한 번씩 지구로 출장을 와야 했다는 거야. 태양이 너무 뜨거워서 한 바퀴 돌고 나면 천구가 꼭 휘어져버리거든. 그걸 바로 펴야 되는데, 감사가 또 오 년에 한 번씩만 있어요. 그러니까 그 사람들도 사 년 동안은 천구가 휘어지든 말든 놔뒀다가 오 년째가 되면 부랴부랴 다시 계산을 해서 원래 모양대로 펴놓아야 한다는 거야. 엄마랑 아빠는 그때 만났대. 아빠가 출장 왔을 때. 한 몇 년 있다가 아빠는 토성 천구 관리국인가 어딘가로 발령이 났는데, 엄마는 따라가기가 싫었다는 거야. 나도 아직 어리고 해서.

나는 그 이야기를 듣고 일단 고개를 끄덕거리기는 했는데, 어쩐지 그때부터는 믿음이 안 갔어. 그 이야기를 조금이라도 믿는 게 이상하다고 생각하겠지만, 그때까지 내가 받은 세뇌교육이 그렇게 허술한 게 아니었다고. 세상이 네모라는 데서부터 시작해서 그 나이에 벌써 프톨레마이오스가 쓴 『알마게스트』*를 알고 있을 정도였단 말이야. 천동설 이론이 수준급이었다고. 엄마 설명도 딱 『알마게스트』 수준이었단 말이지. 그전에 했던 거짓말하고도 모순되는 게 하나도 없었어. 그런데도 나는 뭔가 속고 있다는 생각이 들기 시작했어.

* 그리스의 수학자이자 천문학자인 프톨레마이오스가 편찬한 백과사전(전 13권)으로, 지구 중심의 우주관을 바탕으로 하고 있다. 17세기 초반까지 아랍과 유럽 천문학자들에게 기초 안내서 역할을 했다.

엄마도 내가 의심하기 시작했다는 걸 눈치 챈 것 같았어. 하지만 그 무렵에 내가 좀 바빠졌거든. 그런 일에 신경을 덜 쓰게 되었다고나 할까. 검둥이라고 놀리는 애들이 나타나기 시작한 거야. 싸움질을 좀 하고 다녔지. 싸움도 보통 싸움이 아니었어. 좀 험악했지.

여자애가 무슨 싸움질이냐 싶겠지만 나는 보통 여자애들 사이에 끼지도 못했어. 게다가 네놈의 한민족은 왜 꼭 그런 순간에 민족주의자가 되는지 모르겠다만, 하나가 나한테 얻어맞으면 옆에 있는 것들은 외국인한테 동포가 맞고 있다고 생각하는 것 같았어. 떼로 덤비더라고. 그러니 어쩌겠어. 손에 잡히는 건 다 무기로 썼지. 앉아서 맨날 그거만 연구했어. 어떤 상황에서 몇 명이 덤벼들면 어떻게 움직여서 누굴 먼저 때릴지. 한동안 엄마한테 신경 쓸 틈이 없었어. 아무도 나를 안 건드리게 될 때까지.

결국 건드리는 사람이 없어져서 좋긴 했는데, 그때부터는 다른 고민이 생겼어. 내가 한국말을 유창하게 하는 게 어색하게 느껴지기 시작했거든. 그런 생각이 들었어. 내가 마치 한국말로 더빙한 외화 같다는 느낌. 그런 느낌이 들기 시작하면 더 이상 아무 말도 할 수가 없었어. 그래서 나는 점점 과묵해졌어. 남들이 보기에는 한국말을 못하는 외국인 같았겠지. 그러다가 우연히 말을 할 기회가 생기면 다른 애들하고 전혀 다를 바 없는 유창한 한국말이 튀어나오잖아. 그러면 더빙한 외화 같은 느낌이 전보다 훨씬 더 심해지는 거야.

어떻게 어떻게 고등학교는 들어갔어. 하지만 공부는 별로 안 했지. 멍하니 하늘을 쳐다보고 있거나 쭉 잤어. 별로 건드리는 사람도 없었지. 하루는 역시 멍하게 하늘을 쳐다보고 있는데 누가 부르는 거야. 선생님이었어. 앞에는 이런 그림을 걸어놨더라고.

눈에 보이는 행성 궤적

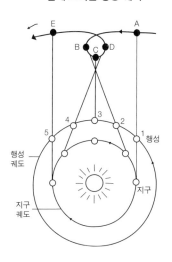

선생님이 나더러 행성의 역행 현상이 뭐냐고 묻는 거야. 답은 알 것 같았어. 지구가 외행성보다 더 빨리 도니까 지구가 외행성을 추월하는 순간에 보면 외행성이 마치 지구 반대 방향으로 움직이는 것처럼 보이는 현상. 그렇게 대답해야 하는 거였어. 나는 처음에는 아무 대답도 하지 않았어. 그 이론은 지동설주의자들이 자기들 이

론을 실제 관측 자료에 끼워 맞추기 위해서 억지로 갖다 붙인 설명이라는 걸 알고 있었거든. 선생님이 왜 그걸 나한테 묻나 한참을 생각했어. 나를 완전히 바보 취급하는 게 아니라면 그런 엉뚱한 이론을 나한테 설명하라고 할 이유가 없잖아. 그래서 어떻게 대답해야 할지 망설이고 있는데 선생님이 나보고 뒤에 나가서 서 있으라는 거야.

"설명할 수 있는데요."

나는 그렇게 말했어. 그랬더니 선생님이 설명을 해보라는데, 나는 앞에 나가서 해도 되느냐고 물었어. 나도 그림이 필요했거든. 선생님은 얘가 무슨 짓을 하려고 그러나 하는 표정이었지만, 하고 싶은 대로 하라고 했어. 나는 앞으로 나가서 내가 알고 있는 대로 그림을 그렸어.

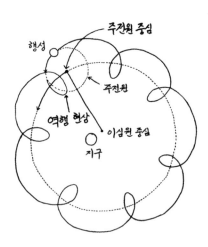

행성은 주전원이라는 원을 따라 도는데, 주전원의 중심은 지구를 둘러싸고 있는 이심원을 따라 돈다. 그래서 지구에서 보면 저렇게 꼬불꼬불한 모양으로 움직인다. 저 꼬불꼬불한 궤도의 안쪽 곡선이 바로 역행 현상이 일어나는 지점이다. 그렇게 말했어. 『알마게스트』에서 배운 대로였어. 그랬더니 선생님이 이렇게 말하는 거야.

"니네 나라에서는 그렇게 가르치냐?"

그건 내가 학생이었을 때 일어난 일이지 1633년에 일어난 일이 아니었다고. 그런데도 나는 다른 사람들이 전부 지구가 태양 주위를 돈다고 알고 있다는 걸 그날 처음 알게 된 거야. 그래서 깜짝 놀랐어. 나만 빼고 다들 그렇게 알고 있다니. 내가 얼마나 놀랐겠어.

너무 화가 나는 거 있지. 딴 사람도 아니고 엄마가 나를 바보로 만들다니. 자기는 천문학자면서. 아무것도 모르는 나를 입양해놓고 엄마가 거짓말할 때마다 바보처럼 고개를 끄덕끄덕하고 믿어버리는 게 그렇게 재미있었던 걸까. 그리고 그때 깨달았어. 예전의 그 남자는 절대 우리 아빠가 아니라는 사실을 말이야. 아니, 훨씬 더 많은 걸 깨달았던 것 같아. 내가 알고 있는 내 존재의 어디까지가 진짜고 어디까지가 가짜인지 알 수 없게 된 거잖아.

나는 집에 가서 정색을 하고 엄마한테 따져 물었어.

"엄마. 우리 엄마 맞아?"

"그럼."

"친엄마 아니잖아."

엄마는 드디어 올 것이 왔구나 하고 생각하는 것 같았어. 엄마 차
례였지만 다시 내가 말했어.

"말레이시아로 돌아갈 거야."

"왜?"

"우리 엄마 찾으러 갈 거야."

엄마는 적잖이 충격을 받은 것 같았어. 생모를 찾으러 간다는 말
때문이 아니라 말레이시아로 간다는 말 때문에. 엄마가 그렇게 당
황하는 건 그때 처음 봤어. 목소리가 가늘게 떨리기까지 했으니까.
엄마가 물었어.

"누가 너더러 말레이시아 애래?"

"다들 그래."

엄마는 말문이 막혀버렸어. 내가 별로 내색을 안 했기 때문에 엄
마는 내가 다른 인종이라는 이유로 놀림 당하는 걸 몰랐던 것 같아.
게다가 나는 말레이시아계가 아니라 인도계였거든. 그때는 몰랐
어. 내가 인도에서 왔는지 어디에서 왔는지. 아무튼 나도 그 순간
눈물이 핑 도는 거야. 서러웠어. 그래서 내 방으로 들어가 방문을
걸어 잠갔어. 그리고 결심을 했지. 가출하겠다고.

열흘쯤 지난 뒤였어. 그날따라 엄마는 늦도록 집에 돌아오지 않
았어. 나는 짐을 다 싸놓고 불을 끄고 누워 있었어. 새벽 4시가 되
면 집을 나갈 생각이었거든. 알람도 안 맞췄어. 그 소리 듣고 엄마
가 깨기라도 하면 계획이 다 엉망이 되잖아. 그때까지 그냥 깨어 있

을 생각이었어. 쪽지도 이미 써둔 상태였고.

쪽지는 일부러 길게 안 썼어.

'그동안 키워주셔서 고맙습니다. 어렸을 때는 묵희라는 이름 촌스러워서 싫었는데, 지금은 마음에 들어. 다음에 다시 만나게 되더라도 서로 미안하다고 하기 없기. 잘 지내요. 나도 잘 살 거니까.'

그렇게만 썼어. 깜깜한 방 안에서 이불을 뒤집어쓰고 이 생각 저 생각이 꼬리를 물고 이어지는 걸 가만히 들여다보고 있다가 낮에 쓴 그 쪽지가 생각나서 혼자 엉엉 울었어. 울다가 잠이 들었는지, 아침에 일어나니까 엄마가 내 침대 옆에 앉아서 말없이 나를 내려다보고 있더라고. 가방하고 쪽지를 본 모양이었어. 엄마도 내가 집을 나갈 생각이었다는 걸 안 거지. 내가 눈을 뜨는 걸 보고 엄마가 말했어.

"묵희야. 진짜 아빠 보러 갈까?"

2

이 주 뒤에 우리는 뉴델리로 가는 비행기를 탔어. 엄마는 그냥 즐거워 보이려고 애쓰는 것 같았어. 나 같은 애를 기르기로 결심했을 때부터 엄마는 이미 알고 있었을 거야. 언젠가 한 번은 꼭 해야 하는 일이라는 걸 말이야. 그래도 진짜 번거로운 일이잖아. 내 딸의 친엄마를 찾아주는 거. 즐거울 리가 없었겠지.

비행기를 타고 가는데 승무원들이 나한테 자꾸 영어나 힌디어로 말을 거는 거야. 나는 당황해서 엄마를 쳐다봤어. 그러면 엄마가 대신 그 사람들을 상대해주는 식이었지. 그런 생각이 드는 거야. 막상 내 뿌리를 찾겠다고 나섰는데, 별거 없으면 어쩌나. 아무래도 그렇지 않겠어? 나 같은 애야 뭐, 뉴델리 어디에 있는 보육 시설에 버려졌거나, 그것도 아니면 이름도 발음하기 힘든 시골에 살고 있었거나. 그걸 알아내는 건 엄마 몫이었어. 친부모는 안 만나는 게 좋을지도 모른다는 생각이 들었어. 뭐 하는 사람들일지 어떻게 알아? 돈 몇 푼 받고 나를 팔아버린 것일 수도 있잖아. 어쩌면 엄마도 그런 날이 영영 오지 않기를, 끝까지 얼렁뚱땅 넘어갈 수 있게 되기를 내심 바랐을지도 몰라. 나를 위해서 말이야.

하지만 그냥 그렇게 넘어가기에는 내 인생이 너무 처량하잖아. 그 예쁜 나이에 파이터로 자라다니. 대책은 없지만 일단 부딪치고 나면 뭔가 해결이 되겠지 하는 생각밖에 없었어. 그런 생각을 하면서 한참을 날아갔어. 잘 가고 있는데, 엄마가 뭔가 골똘히 생각에 잠겨 있더니 문득 이런 말을 꺼내는 거야.

"묵희야. 엄마 말 잘 들어. 그동안 엄마가 가르쳐준 거 잘 기억하고 있지? 나중에 해주려고 했던 이야기들인데, 지금 해줄게. 잘 들어야 돼. 엄마 말 믿지?"

나는 엄마를 빤히 쳐다봤어. 그러고는 고개를 설레설레 저었어.

그러고도 엄마 말을 믿어? 하지만 나는 엄마가 도대체 무슨 이야기를 하려고 저렇게 심각하게 분위기를 잡는지 궁금해서 일단 잠자코 듣고만 있었어. 엄마가 말했어.

"1633년에도 교황청은 최선을 다했단다. 다했는데, 결국 그놈을 못 죽인 게 화근이었어. 갈릴레오 갈릴레이 말이야. 가택 연금시키는 게 고작이었어. 그나마 나중에는 풀어줘야 했고."

엄마 입에서 그런 험한 이야기가 나오는 거야. 나는 침을 꼴딱 삼키면서 들었어.

"교황청은 이제 예전 같지가 않았으니까. 1648년에 유럽에서 30년 전쟁이 끝나기 훨씬 전부터, 교세가 예전 같지 않았거든. 권력이 세속 군주들한테 넘어가고 있었다는 뜻이야. 세속 군주 알지? 왕들 말이야. 그때까지 교황의 세속 권력 역할을 한 게 신성로마제국이었는데, 이제 제국은 서서히 실권을 잃어갔어. 그렇게 안 좋은 때였는데도 가톨릭은 진리를 지키기 위해서 최선을 다했단다."

딱 거기까지 듣고 나는 엄마가 또 뭔가 지어내기 시작했구나 하고 직감했어. 엄마는 계속 이야기를 이어갔어.

"갈릴레오 사태 이전에, 신성로마제국의 티코 브라헤라는 제국 수학자가 독살당한 뒤부터 벌써 천문학자들은 용기 있게 진실을 말하기가 어려워졌어. 케플러 같은 자들이 법칙이라는 이름을 붙여가면서 말도 안 되는 이론을 가지고 티코 브라헤가 평생 동안 모아놓은 정교한 관측 자료들을 짜 맞췄는데, 천문학자들은 그걸 뻔히 보고도 침묵했어. 제국이 이름뿐인 제국으로 처참하게 무너져버리는 바람에 천문학자들은 바람막이를 잃었거든. 뉴턴이 만유인력의 법칙이라는 걸 내놓고 나서는 완전히 침묵해버렸어. 완전히. 세상 천문대라는 천문대는 다 지동설주의자들이 감시하는 상황이 돼버렸는데, 그래도 교황청은 끝까지 진리를 포기하지 않았어. 1633년에 갈릴레오 갈릴레이를 굴복시킨 게 잘못이 아니라는 입장을 끝까지 고수했다는 뜻이란다. 아무래도 교황 정도 되면 아무나 건드릴 수가 없었으니까. 그런데 1992년 10월 31일에 그 사건이 일어난 거야. 영원히 굴복하지 않을 것 같던 교황도 결국은 굴복하더라. 그날 요한 바오로 2세가, 가톨릭이 1633년에 갈릴레오를 굴복시킨 일에 대해 사죄를 했어. 그래서 네 엄마는, 1995년 12월에 투쟁을 시작했어. 우리는 둘 다 천문학자였어. 나랑 니 엄마. 아빠는 수학자였고."

"엄마?"

"응. 엄마. 찬드라무키. 진짜 예쁘게 생긴 인도 애였어. 우리 묵희 이름도 엄마 이름을 따서 지었고. 미국에서 유학하고 있을 때 만났어. 그때가 너 낳은 지 이 년쯤 됐을 땐데, 이 무책임한 여자가 어느 날 너를 나한테 맡기고는 자기는 떠나야겠다고 그러는 거야. 내가 얼마나 황당했겠니. 하지만 그해 여름부터 세계 곳곳에서 천문학자들이 이상한 사고로 죽어나가고 있다는 걸 알았기 때문에 나는 이해할 수밖에 없었어. 하지만 니 아빠는 천문학자가 아니었거든. 왜 하필 니 엄마가 싸워야 되는지 납득을 못했어. 그래서 거의 헤어지다시피 엄마를 떠나보냈는데, 반년이 지나서 그 소식이 전해진 거야. 찬드라무키가 죽었다고. 그것도 사고로. 그 이야기를 듣고 결국 니 아빠도 가버리더라. 그럴 줄 알았어. 찬드라무키의 시신을 확인하던 날, 그런 느낌이 들었어. 아빠는 곧 떠나버릴 것만 같았어. 너만 남겨놓고. 또 나만 남겨놓고."

나는 그 순간 엄마 눈에 눈물이 그렁그렁하는 걸 본 것 같았어. 처음이었어, 그런 모습은. 하지만 엄마는 곧 표정을 가다듬고 이야기를 이어갔어.

"그 친구들의 계획은 로켓을 쏘아 올리는 거였어. 달 천구까지 날아갈 수 있는 로켓. 달 천구에 부딪쳐서 천구가 거기에 있다는 사실을 다른 사람들에게도 보여주자는 거였거든. 아직 구체적인 증거는 없지만, 천구는 투명하고 복원력이 있는 액체 아니면 밀도 높은 가스층으로 알려져 있어. 그래서 혜성이나 소행성은 통과시키는 거지. 그러니까 천구에 구멍을 뚫지 않고 화학적인 방식으로 천구 안쪽 표면을 따라 넓게 퍼지는 가스 탄두를 쏴 보내야 천구가 거기 있다는 걸 보여줄 수 있는 거야. 그건 원래는 독일 제3제국에서 세운 계획이었어. 히틀러 말이야. 당시 독일에 베르너 폰 브라운이라는 기술자가 있었는데, 그 사람은 그냥 놔두면 곧 달까지 날아가는 로켓을 만들 것 같은 기세였어. 지동설주의자들이 미국을 부추겨서 전쟁에 개입하게 한 것도 당연했지. 전황이 안 좋아지니까 히

틀러는 개발 단계에 있는 로켓을 V2 미사일로 만들어서 런던을 폭격하는 데 썼는데, 안 그러는 편이 나았을 거야. 지동설주의자들을 잔뜩 긴장시키는 꼴이 됐으니까. 전쟁 끝나고 나서 미국이 당장 독일에서 뭘 가져갔겠니? 베르너 폰 브라운이었어. 그 사람을 데려다가 미국은 엉뚱하게 달에다 우주선을 쏘아 올렸어. 그 우주선은 원래 천구로 가야 되는 거였는데, 관심을 완전히 엉뚱한 데로 돌린 거야. 지동설주의자들 짓이었지."

거기까지 듣고 나서 나는 다시 고개를 설레설레 저었어. 너무 그럴듯한 이야기잖아. 세상이라는 게 그렇지가 않은데. 어째 좀 허술하다 싶은 게 진리에 가깝지 않아? 엄마가 내 얼굴을 빤히 들여다보고는 살짝 미소를 짓는데, 나는 그게 무슨 의미인지 모르겠더라고.

내가 엄마한테 물었어.

"그래서, 엄마는 우리 아빠 좋아했어?"

"찬드라무키가? 그럼. 둘이 어찌나 붙어 다녔는지."

"아니, 말고. 엄마가 좋아했느냐고."

"나?"

엄마는 아무 대답도 안 해줬어. 표정으로 대신했지. 내 눈에 그건 진심으로 보였어. 나는 엄마가 대답할 때까지 기다리지 않고 다음 질문을 던졌어. 왠지 그래야 할 것 같았거든.

"아빠도 죽었어?"

이 질문은 일종의 함정이었어. 죽었다고 말하면 안 되는 거잖아.

적어도 내가 중학교 1학년이었을 때까지는 살아 있었다는 대답이 나와야 말이 되는 거지. 엄마는 함정에 걸려들지 않았어. 엄마는 이렇게 대답했어.

"죽은 줄 알았지. 다들 그렇게 알고 있었어. 그런데 어느 날 갑자기 나타나더라. 그러더니 또 갑자기 사라져버리던걸."

"왜? 왜 사라졌는데?"

"위험하니까."

"뭐가?"

"네가. 그리고 내가."

나는 잠깐 생각을 정리해야 했어. 이야기가 어떻게 흘러가고 있는 건지, 내가 또 엄마 거짓말에 말려 들어가고 있는 건 아닌지 하고 말이야. 내가 혼란스러워하는 걸 눈치 챘는지 엄마는 그 타이밍을 놓치지 않고 끼어들었어.

"인도에 천문대가 하나 있어. 지동설주의자들의 감시를 받지 않는 곳이야. 양심 있는 천문학자들이 몰래 만들었거든. 장비는 좋지 않지만 진실에는 제일 가까운 곳이야. 아빠는 사고로 죽은 것처럼 위장하고 거기에서 일했어. 지동설주의자들도, 네 아빠처럼 실종됐지만 시신이 발견되지 않은 천동설주의자들이 꽤 많다는 사실을 알고 있는 것 같아. 걔들은 사라진 천동설주의자들이 로켓을 만들고 있는 게 틀림없다고 생각하나 봐. 그러니까 다시 한 번 미국을 부추겨서 초고고도미사일 요격체계라는 걸 개발하려고 애쓰는 거겠지. 하지만 아마 숨어 있는 천동설주의자들은 이제 그런 거 안 만들걸."

"왜?"

"더 좋은 망원경을 만드는 게 우선이라고 생각했으니까. 내가 듣기로는 그걸로 결국 천구를 보는 데 성공했다는데."

"천구를?"

"응. 정확하게 말하면 천구에 희미하게 반사된 별자리를 관측했겠지."

"근데 지동설주의자들은 왜 그렇게까지 심하게 하는 건데? 지구가 안 움직인다는 게 알려지면 안 돼?"

"그럴걸. 우리도 잘은 몰라. 그래도 짐작 가는 게 있긴 해. 증거는 아직 없지만 말이야. 걔들, 배후가 있는 거야."

"그게 누군데?"

"지구가 우주의 중심이라는 사실이 밝혀지면 손해 보는 사람들. 어쩌면 천구의 바깥쪽에서 온 사람들일지도 모르고. 증거는 하나도 없어. 그냥 천동설주의자들끼리 그렇게 생각하는 것뿐이야. 아무튼 묵희야. 그리고 나서 네 아빠는 딱 두 번 내 앞에 나타났어. 한 번은 너도 전에 봤지? 두 번째 나타난 게 그때였고, 또 한 번은 네가 아주 어릴 때였어. 그때 아빠는 연락도 없이 갑자기 나타나서는 이렇게 말했어. 묵희 네가 나중에 위험해지거나 감시당할지도 몰라서 내내 불안했다고. 그래서 안전하게 해뒀으니까 그렇게 알고 있으라고."

"어떻게 안전하게 했는데?"

"니가 자기 딸이라는 걸 감춘 거야. 공식적으로는 내가 너를 입양한 것처럼 인도에 서류를 다 꾸며놨나 봐. 심지어 나중에 누가 물어보면 네 친부모라고 주장해줄 사람들도 만들어놨대."

나는 다시 한참 동안 엄마 이야기를 정리해보다가 엄마에게 물었어.

"그럼 지금 내가 만나러 가는 건 누구야? 진짜 아빠야, 가짜 아빠야?"

"가짜."

"그 사람을 왜 만나러 가?"

"사실은, 네가 학교에서 주전원을 그리는 바람에 지동설주의자들의 관심을 끌었거든."

"뭐, 내가 학교에서 천동설이 맞다고 그랬던 거 때문에?"

"응. 그것 때문에 특별 관리대상이 됐을 거야. 계속 파고 들어가다 보면 네 아빠 이야기를 알게 될지도 모르고."

"말도 안 돼. 그래서?"

"그러니까 비행기에서 내리면 내일쯤 보육 시설에 들러 이것저것 물어보는 척 좀 하다가 다음 주쯤 가짜 아빠 찾아가서 좀 울다가 집으로 돌아가면 돼."

나는 또 머릿속이 복잡해졌어.

3

공항에 내려서 밖으로 나오는데 더운 기운이 확 느껴졌어. 공항인데도 기웃거리는 사람들이 많았어. 난간에 쭉 매달려서 공항 안쪽을 들여다보고 있는 사람들이 왜 그렇게 많은지. 지금 생각해보면 다들 누군가를 마중 나와 있거나 하는 거였겠지만 그때는 기웃거리려고 몰려들었다는 생각밖에 안 들었어. 편견이었지. 거리에는 나 같은 사람들로 넘쳐났어. 나 같은 피부색에 체형도 인상도 나와 비슷한 사람들 말이야. 하지만 나는 그 사람들이 반갑지가 않았어. 사실 좀 무서웠어. 그런 기분 이해가 될까? 이십 년이 다 돼가도록 나만 남들과 달라서 외롭다고 생각하고 살았는데, 어느 날 갑자기 나처럼 생긴 사람들이 수도 없이 돌아다니는 광경을 보는 기분. 나만 괴물인 줄 알았는데 나처럼 괴물 같은 사람이 그렇게나 많은 걸 보게 되니까 오히려 무섭다는 느낌이 들었어.

다음 날부터 엄마는 나를 데리고 다니기 시작했어. 보육 시설은 생각보다 훨씬 더 외진 데 있었어. 찾아가기가 쉽지 않았지. 나는 거기 있는 내내 음식이 입에 맞지 않아서 고생스러웠던 데다 먼지까지 잔뜩 들이마셔서 몸이 좋지가 않았거든. 사람들이 엄마하고 영어로 이야기하다가 대화가 막히면 나한테 막 자기네 말로 말을 걸어오는 것도 무서웠고.

결국 도착한 장소는, 애들을 맡아 기르는 데라고 하기에는 좀 심하게 낡은 곳이었어. 벽 한구석이 시커멓게 변해 있는 게 아무래도 인상이 안 좋았어. 영 실망스러운 데였지만, 엄마 말대로 거기에 내 기록이 있었어. 누가 미행하는 것 같지는 않았는데, 엄마는 자연스럽게 행동하라는 말을 한 시간에 세 번쯤 반복했어. 그게 더 부자연스러웠지.

보육 시설에서 알려준 대로 우리는 내 친부모 역할을 하기로 되어 있는 사람들을 찾아갔어. 그 집은, 주변의 다른 집들과 비교했을 때 더 심하다고 할 것은 없었지만, 사실 우리 눈으로 봤을 때는 집이 아니었어. 움막이든 천막이든 아무튼 '막'자를 붙이고 싶은 곳이었지. 애들은 당장 눈에 보이는 것만 해도 다섯이었어. 나이 많은 아이들은 어디 다른 데 가서 돈을 벌고 있었는지도 몰라.

가짜 부모들과는 영어가 통하지 않았어. 그러니까 그 사람들이 자꾸 나한테 직접 말을 걸려고 했는데, 나는 그게 무서웠어. 엄마가 마을을 한참이나 뒤져 어느 식당에서 영어를 할 줄 아는 아저씨 하나를 찾아와서 통역을 시켰어. 그러자 그 사람들은 내 부모 역할을 충실하게 수행하기 시작했어. 눈물을 흘리고, 끌어안고, 기도를 하고, 무슨 붉은 빛깔 나는 것을 이마에 칠해주고.

나는 별로 재미가 없었어. 엄마 말고는 내가 알아들을 수 있는 말을 하는 사람이 아무도 없었으니까. 게다가 까딱 잘못했으면 거기서 하룻밤을 묵을 뻔한 거 있지. 분위기가 그렇게 흘러가는 걸 엄마가 간신히 말렸던 것 같아. 이제는 엄마가 따로 상기시키지 않아도 최대한 자연스럽게 연기하려고 애쓰고 있었지만, 아무튼 속으로는 그 집에 묵지 않게 돼서 정말 다행이라고 생각했어. 화장실은커녕 손 씻을 데도 제대로 없는 그런 곳에서 더 오래 머물고 싶은 생각은 전혀 없었거든.

아빠가 돈을 얼마나 쥐여줬는지 몰라도 그 사람들, 자기들 역할에 정말 충실했어. 아니면 사람들이 순박한 건지. 눈물을 그칠 줄을 모르는 아줌마를 겨우겨우 떼어놓고 호텔로 돌아가서 씻고 잠을 잤어. 다음 날은 에어컨이 제대로 나오는 쇼핑몰에서 쇼핑을 하고 나서 잠깐 관광을 했던 것 같아. 그렇게 사흘인가 더 있다가 다시 비행기를 타고 집으로 돌아왔어. 돌아오는 길에 엄마가 물었어.

"가출할 거니?"

"아니."

"이제 괜찮아?"

"바람 쐬고 왔더니 좋아."

"재밌었어?"

"쪼끔. 근데 나는 그런 데서는 진짜 못 살겠더라."

나는 아주 치를 떨었어. 엄마는 그런 나를 보고 그냥 살짝 웃었던 것 같아.

4

엄마는 그로부터 삼 개월 뒤에 외국에 세미나를 갔다가 비행기 착륙 사고로 돌아가셨어. 나는 드디어 올 것이 왔나 싶었어. 지동설주의자들의 음모 말이야. 얼마나 무서웠는지, 한 달 동안 집 안에 숨어 있었어. 그렇게 한 달이 지나도록 아무 일도 일어나지 않은 걸 확인한 뒤에야 나는 다시 집 밖으로 나올 수 있었지.

공부를 다시 시작했어. 남들보다 오래 걸렸지만, 공대에 가서 로켓 공학을 배웠어. 나는 뜻을 못 펴고 죽은 부모가 세 사람이나 돼서, 해야 할 일이 많았거든. 그런데 웬걸, 어느 날 텔레비전에 그 아저씨가 나오는 거야. 내 친아빠라는 그 수학자 아저씨 말이야. 그 아저씨, 텔레비전에 나온 이름으로 찾아보니까 수학자가 아니라 천문학자고, 미국에서 그냥 멀쩡하게 잘 살던 사람이더라고. 심지어 엄마랑 바람나서 나한테 걸렸을 시점에는 애가 둘이나 있었어. 그때 깨달았지. 아, 엄마한테 완전히 속았구나. 나는 천동설이야말로 내 남은 생애를 모두 바쳐야 할 유일한 진리라고 생각하고 있었어. 그런데 그게 아니었던 거지. 로켓 공학이고 뭐고 다 허탈해지고 말았어.

서른 살 때, 엄마 돌아가신 후 처음으로 이사를 갔어. 중국에 화성 탐사 프로젝트 자리가 있어서 돈을 많이 받고 들어갔거든. 짐을 싸다 보니까 옛날 스케치북이 나왔어. 유치원 때나 초등학교 저학년 때쯤 됐을 거야. 집을 그린 그림이 있었는데, 집 모양이 좀 특이했어. 내가 워낙 그림을 못 그려서 그런 것도 있겠지만, 그 집은 아무리 봐도 집이라기보다는 움막이든 천막이든 '막'자를 붙여서 불러야 할 것 같은 거야. 나는 인도에 갔을 때 찾아갔던 그 집 식구들 사진을 꺼내서 그 사람들 얼굴을 자세히 들여다봤어. 처음 그 사람들을 봤을 때는 왜 몰랐을까. 그 사진은 완전히 가족사진이었어. 내가 끼어 있는데도 말이야.

가족. 그 어린 나이에도 나는 그 가족을 받아들일 수 있었을까? 그때의 나라면 어쩌면 그 사람들을 증오했을지도 몰라. 지독하게 못사는 데다 나를 버리기까지 했으니까. 하지만 그때 그 사람들한테 욕을 퍼부었다면 나는 미안한 마음이 들어서든 아니면 여전히 그 사람들을 혐오하고 있어서든 거기를 다시 찾아갈 수 없었을지도 몰라.

나는 힌디어를 배우고 다시 마음의 준비를 한 뒤에 친부모를 찾아갔어. 그때 나는 그 사람들을 내 가족으로 맞이할 준비가 돼 있었어. 친아빠는 벌써 돌아가시고 엄마만 살아 계셨어. 엄마는 아직도 내 얼굴을 기억하고 계셨어. 꽤 멀리서부터 나를 발견하고는 내 이름을 부르면서, 걸음도 불편할 것 같은 다리로 절뚝거리며 달려오시는 거야.

"짠드라무키! 짠드라무키!"

엄마의 설명력 덕분에, 나는 내 가족과 진심으로 화해할 수 있었어.

5

그 뒤로는 대체로 행복했어. 그렇게 잘 지내다가 2023년 가을 어느 날 뉴스 속보를 봤어. 인도, 중앙아시아, 호주 등 세계 곳곳에서 대륙간탄도미사일급 로켓 302개가 약 이십 분 사이에 동시 발사됐다는 뉴스였어. 미국제 미사일 요격체계가 작동해서 그중 반 이상을 떨어뜨렸지만 나머지는 모두 대기권 밖에까지 날아갔대. 모두가 그 미사일들이 어디를 향할지 가슴 졸이면서 지켜보고 있었어. 거기에 실려 있는 탄두들이 핵무기나 생화학무기가 아니기를 바라면서. 그 뒤에 미국이 50개쯤을 더 요격했는데, 그래도 100개가 넘는 미사일들이 마지막 방어선을 동시에 뚫는 데 성공했어. 정말 긴장되는 순간이었지. 다행히 미사일들은 갑자기 힘을 잃고 지상으로 떨어지고 말았어. 게다가 모두 탄두가 없는 것들이었지.

그런데 그게 끝이 아니었어. 로켓 하나가 우주를 향해 더 힘차게 치고 나갔거든. 사람들은 대부분 그 모든 사태가, 특히 그 한 개의 로켓이 무엇을 의미하는지를 몰랐어. 물론 나도 몰랐지. 그런데 갑자기 뭔가 머릿속에 떠오르는 거야. 로켓은 며칠을 더 날아갔어.

사람들이 사상 최악의 테러 위협에서 벗어난 데 대해 안도하는 동안에도 로켓은 쉬지 않았어.

나는 인도 엄마한테 전화해서 물었어.

"엄마도 참. 도대체 그때 우리 아빠한테 얼마를 받았기에 그렇게 열심히 친엄마 연기를 해준 거유?"

엄마는 그런 일은 없다고 강하게 부인했지만, 결국은 다 털어놓고 말았어. 20만 루피였대. 그 당시 우리 돈으로 한 500만 원쯤. 그 20만 루피를 경마로 다 날려버리고 죽은 인도인 아빠도, 텔레비전에서 본 미국인 아저씨도 모두 내 친아빠가 아니었지만, 나는 아빠 없는 아이가 아니었어. 진짜 아빠는 어딘가에서 302개 로켓 중 한 개를 쏘고 있었을지도 몰라. 나는 그때서야 깨달았어.

'아! 이번에야말로 엄마한테 진짜 완전히 속았구나!'

물론 여기에서 엄마는 나를 키워준 한국 엄마 말이야.

며칠 뒤에 로켓이 달 공전궤도쯤에 이르렀을 때, 갑자기 로켓이 폭발하면서 무언가 가스 같은 게 사방으로 확 퍼져 나갔어. 그러더니 천구 안쪽에서부터 화학 반응이 일어나기 시작하는 거야. 그날 우리는 드디어 천구의 모습을 실제로 볼 수가 있었어.

송경아 ──── ★★

소용돌이

녀석은 눈에서 십여 센티미터 위를 날아다니고 있다. 나는 최대한 눈에 신경을 집중하고 긴장한다. 숨을 죽이지만 움찔거리는 수염은 어쩔 수 없다. 실룩거리는 뒷다리를 억누를 수 없다. 드디어 놈이 내 앞에 웅웅거리며 가까이 다가오는 순간, 내 앞발은 놈을 힘차게 낚아챈다! 바닥과 내 발 사이에서 움찔거리고 파닥거려보았자, 너는 이제 도망칠 수 없다! 내 얼마나 오래 노렸던가, 이 건방진 녀석을⋯⋯.

 거기까지. 나는 나른한 일요일 한낮의 잠에서 억지로 의식을 떼어냈다. 정확히 말하면 우리 집 고양이 '고군'의 나른한 낮잠에서 '내' 의식을 떼어냈다고 해야 할 것이다. 남의 잠을 엿보는 것은 나

뻔 버릇이지만, 내가 어떻게 내 의지로 통제할 수도 없는 노릇이다. 그리고 매일 쥐와 벌레를 사냥하는 꿈이나 꾸고 있는 집 고양이의 잠을 엿보는 것이 엄밀한 의미에서 프라이버시 침해라고 해야 할지…….

"프라이버시 침해야."

나는 한숨을 지으며 공중을 쳐다보았다. 고양이가 잠들어 있는 창틀 옆에, 보통 사람이라면 보이지 않을 엷은 형체가 둥둥 떠 있다. 돌아가실 때의 나이 그대로인지라 원래대로라면 나이 어린 올케인 어머니보다 훨씬 더 젊은 사십 대의 중년 부인이다. 나는 문이 열리지 않았나 흘끗 보고 난 다음 속삭였다.

"그만 좀 하세요, 고모. 그게 그렇게 내 뜻대로 되는 것도 아니잖아요."

"네가 그러고 있는 것을 보면 옛날 지하철에서 다리를 쩍 벌리고 앉아 있던 남자들이 생각나. 그 남자들은 자기 다리가 벌어져 있는지 아닌지 신경도 안 쓰고 있다가 누가 인터넷에서 지적을 하면 '남자의 신체 구조가 원래 그러네' 어쨌네 저쨌네 하며 변명이나 해댔지. 너도 마찬가지야. 네 정신이고 네 능력 아니냐. 네가 신경을 쓰면 조절할 수 있어."

"내가 이런 능력을 신경 써서 조절할 수 있다면 고모 잔소리부터 귀를 틀어막고 안 들을 거예요."

"얘가 사춘기가 되어서 그러나? 점점 버릇이 없어지네. 내가 죽을 때까지만 해도 귀여운 꼬마였는데."

내가 기저귀에 오줌을 싸고 엄마 머리를 잡아당기던 시절을 기억하는 어른, 더구나 이미 죽은 어른과 다투는 것은 승산이 없다. 나는 그냥 입을 다물고 말았다.

나는 고모 이야기를 별로 듣지 못하고 자랐다. 어쩌다가 제삿날 친척들이 모였을 때 작은아버지나 어머니 입에서 고모 이야기가 나오면 아버지는 인상을 쓰며 입을 다물게 하곤 했다. 당연히 왕래도 없었다. 그나마 내가 초등학교 들어가기 전까지는 할아버지 제사 때 오기도 하고 했다는데, 초등학교 들어갈 때쯤 무슨 일이 있었는지 왕래가 끊어지고 말았다. 어머니나 작은아버지에게 물어봐도 아버지 눈치만 볼 뿐 아무 말도 하지 않았다. 그래서 고모가 죽기 전까지 내가 고모에 대해 아는 것이라고는 고모에게 남다른 이재 능력이 있어 주식이니 부동산이니 해서 할아버지에게 받은 얼마 안 되는 재산을 방배동의 60평짜리 아파트로까지 키워놓았다는 정도였다. 그리고 고모와 아버지는 어렸을 때부터 영 사이가 좋지 않았다는 것도. 그래서 칠 년 전 고모가 교통사고로 죽었을 때 고모의 집을 아버지가 받게 되었다는 것을 알고 우리 친척들은 모두 다 놀랐다. 아버지는 똥 씹은 표정으로 고모 집을 처분하겠다고 우겼지만, 다행히 제정신 박힌 어머니가 우리가 살던 신월동 집을 처분해 상속세를 내고 고모 집에 들어앉았다. 돌아가신 분에게는 안된 이야기지만 마침 때도 봄이라 이사하기 좋았다. 아버지 빼놓고 다른 식구들에게는 모든 것이 다 좋았다. 어머니는 부엌이 훤하고 넓다고 좋아했고, 나도 동생과 방을 따로 쓸 수 있게 되어서 좋았다. 신월동 집에 살았더라면 동생이 군대 갈 때까지는 내 방이라곤 구경도 못 해보았을 테니까.

나의 그 알량한 '능력'이 나타난 것은 이 집에 이사 와서 삼 년이 지난 다음이었다.

처음에는 악몽을 꾸거나 가위에 눌리는 줄만 알았다. 잠을 잘 때면 화려한 연보랏빛 투피스를 입은 중년 여자가 머리 위에서 나를 내려다보고 있는 것이었다. 어떤 때는 빙긋이 웃으며 가슴팍에 앉아 있기도 했다. 어쩐지 낯익은 여자였지만, 그래서 더 무서웠다. 내가 그 귀신에게 전생에 죄라도 지은 것이 아닐까, 부모님께 졸라서 부적을 쓰거나 굿을 해달라고 하면 어떤 반응을 보이실까, 별별 생각이 다 들었다. 당연히 제대로 잠을 잘 수가 없었다. 나는 하루가 다르게 비척비척 말라갔다. 사내아이 둘을 기르느라 웬만한 일은 둔감하게 넘어가는 어머니가 "얘, 너 보약 한 첩 지어야겠다." 하고 걱정할 정도였다. 그렇게 지내기를 한 달, 나는 결국 코피를 주르륵 흘리며 몸살로 앓아누웠다.

감기 몸살의 아이러니는 진짜 아플 때는 병원에 갈 수 없다는 것이다. 여간해서 감기로 앰뷸런스에 실려 갈 수는 없는 노릇이고, 최소한 두 발로 기동을 해야 병원에 가서 주사라도 맞을 수 있다. 그날 저녁도 나는 병원에 가지 못하고 어머니가 약국에서 지어 온 몸살감기 약을 먹고 침대 속에 뻗어 있었다.

"……아, 도현아…….."

가는 목소리가 귓전에서 앵앵거렸다. 나는 눈을 떴다. 저녁 먹고 약 먹고 까무룩 잠든 것이 8시인가 그랬는데 이미 12시가 넘었는지 집 안은 조용했고, 창밖에서 비쳐오는 가로등 불빛이 컴퓨터와 책상을 은은하게 비추고 있었다. 자면서 흘린 땀으로 시트가 축축했다. 나는 잠결에 환청이라도 들었나 보다 생각했다. 그러나 두꺼운 이불을 덮고 땀을 흘린 덕인지 머리는 묘하게 맑았고, 밤의 어스름 속에서도 방 안 물건은 수정으로 만든 것처럼 투명하고 또렷하게 보였다. 그때 그 목소리가 다시 귓가에 흘러들었다.

"도현아, 이제 들리니?"

나는 목소리가 나는 곳을 쳐다보았다. 그곳에는 지난 한 달간 보아오던 연보랏빛 정장의 중년 부인이 희미하게 비치는 모습으로 둥둥 떠 있었다. 그러나 현실감각에 여전히 어긋나는 그 모습을 보면서도 나는 묘하게 초연했다. 이제 이판사판이라는 기분이었는지도 모르겠다.

"누구세요?"

초면의 귀신에게 던지기에는 어색한 말이지만, 그때는 내가 어떤 말을 해도 어색할 것이라고 생각했다. 유일하게 어색하지 않은 반응이라면 비명을 지르며 방에서 뛰쳐나가는 일일 텐데, 그러기

에 나는 너무 지치고 피곤했다. 귀신이 잡아먹는다 해도 그 순간에
는 꼼짝도 하지 못할 것 같았다.

귀신은 활짝 웃으며 말했다.

"이제 들리는구나. 한 달 동안 그렇게 애타게 불렀는데. 그런데
너 정말 기억 안 나니? 나야 나, 현지 고모."

"예에?"

죽은 고모와 나는 그렇게 만났다. 그리고 그때부터 내 골치 아픈
'능력'도 생겨났다. 몸이 안 좋을 때, 어쩌다 비몽사몽간에 빠졌을
때, 극도로 피곤할 때, 조금만 정신을 놓아버리면 다른 사람과, 아
니 다른 의식체들과 의식이 섞여버리는 것이다.

남들의 마음속을 읽을 수 있으면 좋을 것 같다고? 천만의 말씀이
다. 솔직히 이런 능력 따위는 아무짝에도 쓸모가 없다. 고모를 본
다음 날 아침 나는 반쯤 잠든 상태에서, 아침에 죽을 끓여놓고 출근
준비를 하는 어머니와 의식이 섞였다. 그것이 처음 '섞임'의 경험
이었다. 그리고 나는 그날 내내 속이 안 좋아 죽는 줄 알았다.

아무리 남편이라도 술에 취해서 섹스하는 건 너무 싫어 나를 뭘
로 생각하고 있는 거야 도현이가 아파서 큰일이네 평소 한번 앓지
도 않던 앤데 이런 회사 늦겠다 이 부장이 또 한마디 하겠는걸 가만
얘가 간장 있는 곳을 알던가 립스틱이 다 떨어졌네 마음에 드는 색
이었는데 이번엔 무슨 색을 도진이 학교에 가는 날이 언제였지 이

크 이제 나가야 한다

한 사람의 머리가 언어화되는 것과 되지 않는 것을 합쳐 얼마나 많은 생각을 끊임없이 스쳐 보내는지, 그리고 그 수많은 생각의 질량과 색채를 그대로 느끼면서 다른 사람의 의식에 끌려가는 것이 어떤 느낌인지는 이루 형언할 수 없다. 위아래 전후좌우로 날뛰는 바이킹을 타는 느낌이라고 해야 할까. 도대체 어머니가 아버지와의 잠자리에 대해 느끼는 감정과 생각의 무게를 아들인 내가 어떻게 제정신으로 받아들일 수 있다는 말인가. 게다가 스타킹에 줄이 갔는지 안 갔는지에 대해 내가 왜 생각하고 있어야 하는가. 식구들이 전부 나가고 집이 조용해진 것을 확인하자마자 나는 정신없이 구원을 요청하는 비명을 질러댔다.

"고모, 고모, 이것 좀 어떻게 해주세요. 나한테 무슨 짓을 한 거예요!"

고모는 침대 머리맡에 아지랑이 같은 모습으로 나타났다. 그 후 우리가 함께 보낸 몇 년간의 시간을 생각해볼 때 매우 드물게도, 고모의 눈가에는 연민의 빛이 서려 있었다.

"아냐, 도현아. 내가 뭘 어떻게 한 게 아니야. 그건 네 능력이야."

"도대체 이게 무슨 능력이라는 거예요? 정신이 뿌리부터 뽑혀나갈 것 같다고요!"

"다른 사람의 의식에 들어갈 수 있는 것. 나를 보고 들을 수 있는 것. 일종의 초능력이지."

"그런 거, 필요 없어요. 제발 나 좀 놓아두세요."

그 말은 그때도 진심이고 지금도 진심이다. 내 생각에 초능력이라는 것은 실생활에서 전혀 쓸모없는 능력이다. 하나님께서 인간이 날기를 바라셨다면 날개를 주셨을 거라고 누가 그랬더라? 그나마 쓸모 있는 초능력이 있다면 학교 지각을 막아줄 수 있는 텔레포테이션이 제일 나을 것이고, 그다음에, 미래를 바꿀 수 있는 옵션이 있다면 예지 능력 정도. 하지만 예지 능력과 미래를 바꿀 힘이 함께 따라오지 않는다는 것은 어린아이라도 안다. 설령 그런 힘이 세트로 생긴다고 치자. 나는 내가 막을 수도 있었던 이 세상의 온갖 불행을 막지 못했다는 죄책감에 시달리고 있을 거다. 이렇게 제대로 된 초능력이 생긴다 쳐도 반갑지 않을 터인데, 하물며 내 마음대로 통제도 되지 않고 시도 때도 없이 채널이 열렸다 닫혔다 하는 데다가, 사람만도 아니고 동물계와 영계까지 한 발 걸치고 있는 초능력이라니.

덕분에 나는 여자친구를 사귀어서 집에 데려오지도 못한다. 아무리 갈 곳이 없다 한들 고모가 방 안에 떠다니는데 그 앞에서 연애를 할 수는 없는 것 아닌가.

그래도 내 속마음이 꼭 그런 것은 아니다. 가끔, 내게 고모가 있어주어서 얼마나 다행인지 모른다고 생각한다. 고모가 없었다면 나는 여자친구를 만들기 전에 벌써 미쳤을지도 모른다. 현실적인, 너무도 현실적인 어머니. 현실 비현실을 따지기 이전에 내 마음속 이야기를 털어놓기에는 너무 먼 아버지. 내가 이런 이야기를 털어놓는다면 부적을 그리자느니 영능력자를 찾아가자느니 날뛸 만화광인 초등학생 남동생. 만약 내 말이 진실이라는 것을 알고 있는 유령 고모마저 없었다면 나는 아마 애저녁에 미쳐버렸을 것이다. 게다가 고모와 나누는 집안 이야기는 평소 아버지에게서는 못 듣던 것이라 재미있기도 했다. 어느 날 밤, 식구들이 잠든 것을 확인하고 나는 고모에게 슬쩍 물어보았다.

"고모, 생전에는 아버지하고 사이가 별로였던 거 아니에요? 왜 우리한테 집을 물려주셨어요?"

고모는 소녀처럼 킥킥 웃기 시작했다.

"그게 말이지. 내가 너희 아버지한테 좀 맺힌 게 있거든. 너희 아버지는 빚지고는 못 사는 데다가 내가 못마땅해 죽겠다는 양반이고. 내가 너희 아버지한테 집을 남긴 게 너희 아버지는 여동생에게 뺨을 맞은 것보다 더 싫을 거다. 너희 아버지한테 신경성 위염이나 과민성 대장 증후군이 생겨도 하나도 안 이상해."

아침 식탁에 앉을 때마다 찡그리는 아버지의 얼굴을 떠올리고 나는 이미 아버지가 그런 병을 앓고 있을지도 모르겠다고 생각했다. 나는 내친김에 한 걸음 더 나아갔다.

"두 분 사이가 어쩌다 그렇게 되었는데요?"

고모의 눈이 가늘어졌다. 고모는 길거리에서 파는 강아지를 재어보듯 나를 바라보더니 눈을 찡긋하고 말했다.

"그건 네가 좀 더 크면 이야기해줄게. 네가 연애도 하고, 실연도 당해보고, 아버지와 싸워보기도 하고, 어머니를 위로해보기도 하는 어른이 되면 말이다."

고모가 그렇게 말하면 할 말이 없었다. 하지만 궁금하기는 하다. 살아생전에 다른 사람을 곤란하게 하고 꼼짝 못하게 하는 사람이 죽어서 유령이 되는 것인지, 아니면 죽어서 유령이 되면 그런 힘이 생기는 것인지. 하여간 고모가 보이기 시작한 다음부터 나는 고모의 말에 번번이 꼼짝 못하고 당하곤 했다. 고모는 가족과는 다른 방식으로 나를 이끌어주고 안심시켜주지만, 그렇다고 멘토(청소년을 정신적으로 이끌어주는 친구이자 스승)라기에는 너무 짓궂다!

그래서, 학교에서 내게 제일 끔찍한 일은 시험이나 체벌이 아니라 왕따다. 내가 왕따를 당한다는 이야기는 아니다. 나는 공부를 잘하지도 못하지도 않는 대신 학교 활동에 제법 성실한 편이고, 친구들도 빨리 사귀고 별로 튀는 편도 아니다. 이런 학생은 별로 왕따를 당하지 않는 법이다.

문제는, 교실 내에서 왕따라는 것이 일단 생겨나면 커다란 정신적 에너지가 방출된다는 것이다. 그런 에너지는 왕따를 하는 쪽에서도 당하는 쪽에서도 나오는 것이지만, 주로 왕따를 하는 쪽의 악의가 에너지로 변한다. 교실이라는 닫힌 공간 속에서는 아무리 내가 안 보고 안 들으려고 노력해도 그 에너지가 조금이라도 의식으로 흘러 들어오기 마련이다. 그렇다고 그 의식의 발원지를 정확히 짚어내어 피할 힘도 없다. 왕따를 일으키는 의식이 옹달샘이라면 나는 강 중류쯤에 서서 발을 헛디디지 않으려고 애쓰며 허우적거리는 느낌이랄까. 어디서 어떻게 생겨났는지도 모르는 소용돌이가 내 옆을 아슬아슬하게 스쳐 지나간다 ─ 그곳에 빨려 들면 끝장이다. 한 번도 빨려 든 적은 없지만 본능적으로 알고 있다. 내가 할 수 있는 일은 숨을 죽이고 소용돌이에서 될 수 있으면 비켜서려고 노력하면서, 그것이 지나가기를 기다리는 것뿐이다. 붉고 격렬하게 회전하며, 가까이 있는 모든 것을 산산조각으로 부숴버리고 삼켜버릴 기세로 이리저리 떠돌면서 희생자를 찾는 그 무시무시한 소용돌이. 그 소용돌이가 만약 교실 안에 실체화된다면 의자도, 사물함도, 칠판도, 교탁도 갈래갈래 찢어지고 선생님과 학생들은 비명을 지르며 발버둥치다가 붉은 물결 속에 휩쓸려 숨도 쉬지 못하고 사지도 온전하지 못한 채 죽어갈 것이다. 그런 것과 마주칠 때마다, 나는 그 소용돌이를 만들어낸 아이들은 과연 자기가 하는 짓이 무엇인지 알까 궁금해졌다. 하지만 내가 할 수 있는 일은 없었다. 한 교실에서 왕따시키는 아이와 왕따당하는 아이까지 다 알고 있다 해도, 내게는 그 왕따를 멈출 수 있는 힘이 없었다. 다만 모르는 척, 내가 나서서 왕따를 시키지 않는 것으로 알량한 양심을 달래는 것이 고작이었다.

그러나 그 오월의 소용돌이는 어딘지 달랐다.

중간고사가 끝난 다음 주, 오월이 막 시작된 주였다. 삭막한 남자 고등학교의 창밖에도 신록이 움터 올랐고, 수학 선생의 단조로운 문제 풀이 암송과 그에 맞춰 또각거리는 분필 소리는 공기 중에 떠도는 열기와 함께 학생들을 달콤한 꿈나라로 이끌고 있었다. 나도 예외는 아니었다. 여러 명이 함께 노곤하게 조는 이럴 때야말로 잠들면 위험하다는 것을 알면서도, 온몸의 근육이 풀리고 눈꺼풀이 내려앉는 기분에 저항할 수가 없었다. 따뜻하고 부드러운 졸음의 파도가 머리끝부터 발끝까지 기분 좋게 밀려오고 밀려가며, 고개가 그 흐름에 맞춰 해초처럼 이쪽저쪽으로 흔들거리는데…….

문득 목 뒤부터 얼음 칼로 내리긋는 듯한 전율이 엄습했다. 그놈은 달랐다. 정말 달랐다.

증명할 수도 없고 자랑도 아니지만, 나는 교실 속에서 흐르는 의식의 종류는 기분 좋건 나쁘건 대충 다 만나보았다고 생각하고 있었다. 중학교 때, 예쁜 교생 선생님이 들어왔을 때 감돌던 분홍빛과 팥죽색의 공기는 이성에 대한 호감과 미친 듯이 치솟는 호르몬이 섞인 색깔이었다. 반에서 돈이 없어졌을 때에는 옅고 기분 나쁜 의심의 노란색 안개가 자리 사이사이로 스며들었다. 반 대항 농구 시합에서 졌을 때는, 약간 아쉽지만 별 불만은 없는 서늘하고 기분 좋은 파란색 바람이 불었다. 시험 결과를 놓고 야단을 맞을 때는 검푸

르죽죽한 구름이 교실에 가득 덮였다. 그런 것들은 중요하지 않았다. 대부분 자기도 기억하지 못하고 그때그때 바뀌는 성장기의 기분일 뿐이었다. 아까도 말했듯이, 가장 기분 나쁘고 위험한 것은 왕따의 기운이었다. 붉고, 뜨겁고, 폭력적이고, 자기도 모르게 휘말려 들기 쉬운 거센 소용돌이가 교실에 흐르면 나는 어떤 핑계를 대어서건 그 흐름이 가라앉을 때까지 교실 밖으로 나갔다 오곤 했다. 그러고 나서 돌아오면 무슨 일이 벌어졌는지는 몰라도 좌우지간 교실 안의 공기는 훨씬 맑고 차분해져 있었다. 그럴 때마다, 왕따를 당하는 아이에게는 안됐지만, 나는 가슴을 쓸어내리고 다시 조용해진 공기에 적응했다.

그런데 이런 것은 한 번도 본 적이 없었다. 이것은 검고, 끈적끈적하고, 차가우면서 느리게 회전하고 있었다. 마치 여름철 아스팔트 길이 녹아내린 듯 진득진득한 것이 천천히 조용하게 회오리치며 주변의 모든 것을 빨아들인다는 느낌이었다. 나는 반사적으로 이제까지 한 것처럼 숨을 죽이고 소용돌이에서 피해보려고 했다. 그러나 아무 소용이 없었다. 왕따의 뜨겁고 맹목적인 소용돌이와는 달리, 이 검고 차가운 소용돌이는 느리고 둔중한 대신 회오리의 넝쿨에 휘말려 든 것은 어떤 것도 놓치지 않았다. 모든 것이 빨려드는 소용돌이의 한가운데에서 체셔 고양이처럼 얼굴 없는 차디찬 웃음이 언뜻 비치는 것도 같았다. 나는 속수무책인 채 한가운데로 빨려 들어가며 자기도 모르게 몸을 떨었다. 이런 무시무시한 소용돌이를 만들어내는 의식이란 도대체 누구의 어떤……

머리에 와 닿는 따끔한 아픔이 나를 소스라치게 깨웠다.

"이도현, 나가서 세수라도 좀 하고 와라. 지난밤에 무슨 공부를 밤새워 했기에 코까지 골고 자나."

아이들의 왁자지껄한 웃음소리가 멀리서 울려오는 듯이 들렸다. 나는 비틀거리며 일어서서 교실 밖으로 나갔다. 이마는 좀 아팠지만, 그 순간에 분필을 던져 깨워준 수학 선생이 그렇게 고마울 수가 없었다. 화장실에 가서 배 속에 있는 것을 모두 게워내고 얼굴에 물을 끼얹으면서도 몸은 여전히 부르르 떨렸다.

그날 밤 나는 고모를 불렀다. 책상머리에 나타난 고모는 여전히 장난꾸러기 같은 웃음을 띤 채 내 말을 듣고 있었지만, 내 기색이 심상치 않은 것을 보고 웃음기를 거두었다. 내가 소용돌이 이야기를 다 하고 나자 고모는 딱 잘라 말했다.

"선생님에게 이야기하든가 경찰에 신고해. 네가 할 수 있는 일은 그것밖에 없겠다."

"하지만 어떻게 그래요? 아직 아무 일도 일어난 건 아니고……."

"너희 반에 왕따시키는 애들은 있다며? 왕따당하는 애도 누군지 알고. 그런데 아무 일도 일어난 게 아니라고?"

"그게…… 그 소용돌이가 왕따인지 아닌지도 잘 모르겠고……. 하여간 누군가가 끔찍한 마음을 품고 있는데, 그게 누군지는 모르니까……."

고모는 무슨 말을 하는지도 종잡지 못하고 횡설수설하는 나를 한심하다는 듯이 내려다보더니 손을 뻗었다. 고모의 안개 같은 손이 내 손목을 스쳤고, 그 서늘한 감촉에 나는 입을 다물었다.

"잘 들어, 도현아. 네 나이 때는 어른들에게 도움을 청한다는 것 자체가 무섭고 못 미더울 수 있어. 가족도 아니고 공적인 관계의 어른이라면 더욱 그렇지. 또래 사회에서 일어나는 일을 어른에게 해결해달라고 요청하는 것은 비겁한 규칙 위반이라는 기분도 들 거야. 하지만 너희 힘으로 어쩔 수 없는 일이 벌어지고 나면 모두 돌이킬 수 없는 상처를 입어. 그런 일은 일어나기 전에 막아야 하고, 그러기 위해서는 쓸 수 있는 힘은 모두 써야지. 선생이나 경찰 같은 건, 한마디로 어른이라는 건 그럴 때 써먹으라고 있는 거야."

"알아요, 하지만……."

고모의 말은 구구절절이 옳았지만, 나는 선생도 경찰도 써먹지 못했다. 처음에는 '그놈이 한 번만 더 보이면…….' 하고 생각했다. 그러나 그 소용돌이는 나를 놀리듯 수업시간에 나타났고, 그다음에는 점심시간에, 나중에는 시시때때로 나타났다. 그때마다 나는 '한 번만 더, 한 번만 더……'를 되풀이하다가 결국 아무에게도 말하지 못했다. 그러니 고모에게 더 조언을 구할 수도 없었다.

그렇다고 내가 아무 노력도 하지 않은 것은 아니다. 우리 반에서 왕따를 주도적으로 하는 아이는 길원이, 현중이, 진석이, 명훈이 네 명이었다. 이 중에 진석이와 명훈이는 나와 같은 중학교를 나왔고,

명훈이는 중학교 2학년 때 한반이기도 했다. 그래도 지금 명훈이와 그렇게 친한 것은 아니었기 때문에 이야기라도 붙이려면 뭔가 구실이 있어야 했다. 구실이 없으면 미끼라도 있어야지. 나는 없는 용돈을 털어서 명훈이와 진석이에게 햄버거를 사기로 했다.

"어이구, 이도현 이 짠돌이가 웬일이냐. 이런 걸 다 사고."

명훈이는 빅맥 세트 세 개를 얹은 쟁반을 들고 오며 싱글벙글 웃었다. 명훈이는 중학교 때부터 인상 좋고 인기 좋은 녀석이었다. 이렇게 웃는 모습을 보면 이 녀석의 마음속에 그런 소용돌이가 감돌고 있을 거라고는 상상도 되지 않았다.

"새끼야, 내가 무슨 짠돌이냐. 돈이 없는 것뿐이지. 마침 돈 있을 때 만난 니네가 오늘 운 좋았던 거야."

우리는 그렇게 객쩍은 말 몇 마디, 중학교 때 동창들 얘기, 연예인 얘기를 거쳐 아이스크림까지 입에 물었다. 그때서야 나는 아무것도 아닌 것처럼 슬쩍 본론을 꺼냈다.

"야, 근데 너희 요즘 석원이한테 좀 너무한 거 아냐? 걔가 뭐 잘못했다고 그러냐?"

아이스크림을 한입 크게 베어 물던 진석이가 과장 섞인 몸짓으로 캑캑거렸다.

"그 재수. 너 아직 모르냐? 걔 뒷담화의 제왕이야."

"정말? 안 그래 보이던데."

"그럼, 정말이지. 걔가 중학교 때 현중이랑 같은 학교였잖아. 현중이가 그때 여친 정리하고 새 여친이랑 시작하느라고 양다리 비슷하게 되고 있었는데, 그새를 못 참고 뒷담화 까는 바람에 옛 여친 새 여친 다 놓쳤잖아."

'그건 현중이가 잘못했네.' 하는 소리가 목 아래까지 치밀어 올랐지만, 연애 한번 안 해본 내가 말해봤자 별 설득력이 없다. 나는 흥미롭다는 듯이 눈을 크게 떠 보였다.

"그래? 그런 일이 있는 줄은 몰랐네. 보기엔 안 그래 보이는데. 말수도 적어 보이고."

"그 새끼 그게 다 뺑까는 거야. 말수가 적으면 뭐 하냐? 하는 말 하나하나가 민폐인데. 말 한마디 붙여봐도 제대로 얼굴도 안 보고 대답하고, 얼마나 틱틱거리는지 알아? 으…… 그 재수 얘긴 그만하자 야."

명훈이와 진석이가 지금 말하는 투로 말을 붙인다면 누구라도 얼굴을 보고 대답할 것 같지는 않다. 그러나 그것도 내가 상관할 수 있는 일은 아니었다. 학교 앞 맥도널드에서 피 같은 용돈을 이만 원 가까이 써가며 배운 교훈은 말 몇 마디나 낯빛 고운 설득으로 왕따를 그만두게 할 수는 없다는 것뿐이었다. 별것 아닌 듯이 넘쳐흐르는 증오. 소용돌이의 정체는 그런 것일지도 모른다.

하지만 그것만으로 포기할 수는 없었다. 내가 무슨 정의의 사도 연하고 싶은 것이 아니라, 마음의 평화를 찾고 싶었기 때문이다. 시도 때도 없이 나타나는 검은 소용돌이는 내 학교생활을 심각하게 방해하고 있었다. 나는 아침마다 어머니 눈을 피해 블랙커피를 두 잔씩 마셨고, 학교에서 잠을 자지 않는 데 도움이 될까 싶어 점심도 가끔 걸렀다. 하지만 오월 말로 치닫는 날씨에 농구라도 한 게임 뛰고 나면 쏟아지는 잠을 주체할 수 없었고, 잠깐 눈이 감겼다 하면 검고 찐득한 소용돌이는 모든 것을 휘말아 들일 듯 세차게 몰아쳤다. 그대로 있을 수는 없었다. 양심상 경고는 해야 했다.

"야, 석원아."

우리 반의 왕따 김석원은 항상 다른 아이들이 교실에서 다 떠난 다음에 나오곤 했다. 그래서 그때 복도에는 아무도 없었다. 복도 모퉁이에서 기다리고 있던 내게는 다행이었다. 나도 왕따와 이야기하는 모습을 남에게 보이고 싶은 마음은 별로 없었으니까.

내가 소리 지르자 석원이는 눈을 들어 소리가 난 쪽을 쳐다보았고, 나와 눈을 마주쳤다. 그때 나는 명훈이와 진석이가 한 이야기를 알 것 같았다. 어두운 눈, 검은 눈, 처진 눈, 그늘진 눈, 죽은 눈. 사람을 보고 싶어 하지 않는 눈이라는 것이 있다면 그때 석원이의 눈이 그랬을 것이다. 나는 나도 모르게 진저리를 치며 용건만 짤막히 말했다.

"너, 조심해. 현중이네 말이야. 부모님한테 얘기하든지, 경찰에라도 알려."

이렇게 말하면서도 나는 꺼림칙하고 부끄러웠다. 고모가 하라고 했지만 내가 못한 일을 이제 내가 석원이에게 하라고 말하고 있는 것이다. 방관자인 나보다 피해자인 석원이가 훨씬 더 하기 힘든 일일 텐데. 그 순간 양심에 찔린 나는 석원이가 혼자 못하겠다고 하면 같이 석원이 부모님께 가거나 경찰서에 갈 마음까지 먹고 있었다. 그러나 석원이가 보인 반응은 내가 예기치 못한 것이었다. 석원이는 곁눈으로 나를 차갑게 바라보더니 가라앉은 목소리로 냉정하게 말했다.

"내 일에 상관하지 마."

그리고 등을 돌려 복도 반대편 계단으로 걸어갔다. 나는 아연해서 석원이의 뒷모습만 바라보고 있었다. 석원이가 사라지고 한참 후, 왠지 모를 분노가 솟구쳤다. 새끼, 왕따인 저를 내가 걱정해줬는데. 사실 나하고는 아무 상관도 없는데 미리 경고해주고, 경찰서까지 같이 갈 마음을 먹어줬는데. 정말 왕따당하는 놈은 당할 만해서 당한다니까.

"씹할 새끼, 어디 한번 크게 당하고 후회해봐라. 그때나 고마운 걸 알 거다."

아무도 없는 복도에서 나는 혼자 멍하니 중얼거렸다.

그렇게 오월이 가고 유월이 왔다. 유월이 오자 검은 소용돌이의 힘도 조금 약해진 듯했다. 어쩌면 전교 학생들의 흥분이 섞여서 흐려졌는지도 모른다. 보통 가을에 축제를 하는 다른 고등학교와는 달리, 우리 학교는 유월 첫째 주 주말 이틀에 걸쳐 축제를 한다. 고

등학교 들어와서 맞는 첫 축제이기 때문에 반 아이들은 당연히 술
렁대고 있었다. 그런 흥겨운 술렁거림 속에 왕따의 붉고 검은 기운
은 끼어들 곳이 없는 것 같았다.

나도 덩달아 기분이 들떴다. 어쨌거나 고등학교 축제는 처음이
었고, 계속 마음을 불편하게 하던 소용돌이는 한 일주일 동안 나타
나지 않았다. 이번 축제에는 연예인 누구누구를 부를 거라는 이야
기가 여기저기서 흥분을 고조시키고 있었다. 열띤 이틀간의 축제
가 끝나면 곧 기말고사고, 기말고사 다음에는 방학이다. 방학이 되
면 그 소용돌이도 당분간 볼 일이 없을 것이다. 어쩌면 방학 동안
스리슬쩍 사라질지도 모른다. 그러고 보면 별일도 아닌 것을 가지
고 나 혼자 마음을 썩였던 것일 수도 있다. 고모 말을 따랐으면 괜
한 일에 커다란 소동이 벌어질 뻔했다고 나는 남몰래 가슴을 쓸어
내렸다.

하지만 그것은 내 희망사항에 지나지 않았다. 축제 바로 전날 5
교시 쉬는 시간, 까무룩 빠졌던 낮잠이 그것을 증명해주었다.

꿈속에서 나는 어둡고 붉은 기를 띤 하늘 아래 서 있었다. 발을 딛
고 선 바닥은 꿈틀거리며 발바닥을 빨아들이는 진창이었다. 이 검고
무거운 진창은 살아 움직이는 소용돌이이기도 했다. 소용돌이는 어
느 때보다도 느리고 차갑게 움직였다. 하지만 나는 알고 있었다.

이 소용돌이는 곧 폭발할 거야.

그 폭발이 어떤 방식으로 일어날지는 알 수 없었다. 지금까지 느

껐던 다른 붉은 소용돌이들처럼 모든 것을 박살내는 커다랗고 격한 흐름일지, 아니면 정말 폭탄이나 활화산처럼 뜨거운 곤죽이 펑하고 터져 오르면서 모든 것을 불태워버릴지. 하지만 한 가지는 분명했다. 이 소용돌이는 위험했다. 그리고 걷잡을 수 없이 모든 것을 휘말아 들이고 있었다. 지금처럼 숨죽이고 다른 방향을 바라보고 있다고 피해나갈 수 있는 것이 아니었다. 나는 어떻게 여기서 빠져나갈 방법이 없을까 생각하며 고개를 들어 지평선을 바라보았다. 그러다가 지평선에 어른거리는 네 개의 그림자를 보고 놀라서 한순간 숨 쉬는 것도 잊어버렸다.

길원이, 현중이, 진석이, 명훈이.

얼굴조차 분간할 수 없는 꿈속의 그림자였지만 확실했다. 무엇인가가 그렇다고 내게 속삭여주고 있었다. 소용돌이는 그곳에서 흘러나왔고, 그곳으로 다시 흘러들어 갔다. 웃고 있는 네 명. 고함치는 네 명. 고갯짓을 하고, 주먹을 휘두르고, 등을 돌리고, 물건을 집어던지는 그 네 명의 그림자는 마치 그림자놀이나 마리오네뜨처럼 우스워 보였지만, 나는 웃을 수가 없었다. 소용돌이가 폭발할 날이 멀지 않았기 때문이다. 언제 폭발할지 정확한 시간은 모르지만 얼마 남지 않았다. 지금일 수도 있다. 머릿속에서 수천 명이 와글거리며 웃고 떠드는 것같이 커다란 목소리가 합창을 한다. 10, 9, 8, 7, 6, 5, 4, 3…… 쾅!

종이 울리고 짝이 교과서로 머리를 갈겼다. 교단 앞에 영어 선생이 서기 직전 나는 간신히 꿈에서 빠져나와 정신을 차렸다. 하지만 수업 내용은 하나도 머리에 들어오지 않았다. 6교시 내내 속이 울렁거리고 구역질이 나서 창백한 얼굴로 앉아 있는 것이 고작이었다. 다행히 축제 전날이라 아이들은 계속 시끌시끌했고 아무도 내게 주의를 기울이지 않았다. 교단 앞의 선생도 머리를 아플 정도로 갈겨 깨워준 짝도, 왼쪽 대각선 방향에서 수업은 듣는 둥 마는 둥하고 열심히 핸드폰을 만지작거리고 있는 녀석도, 모두 놀랄 정도로 무신경하고 놀랄 정도로 보통 때와 똑같았다. 그러나 그렇게 평소와 같은 광경을 계속 보고 있는 동안 내 안에서 서서히 결심이 굳어갔다.

막아야 한다. 그런 것이 터지도록 놓아둘 수는 없다. 끔찍한 결과가 벌어지고 나면 이미 늦는다.

그날 밤 나는 고모를 불렀다. 지난 삼 년 동안의 어느 때보다도 열심히 불렀다. 그러나 고모는 나타나지 않았다. 내가 충고를 듣지 않았다고 심기가 상한 걸까. 고모를 부르다 지친 나머지 침대 위에 쓰러져 막 잠들려는 순간, 연보랏빛 안개 같은 것이 귓전을 스치며 속삭였다.

—네가 믿는 대로 해, 도현아. 그게 네 몫이야.

그거야말로 꿈이었을지도 모른다.

축제 첫째 날은 어떻게 지나갔는지 알 수가 없다. 녀석들은 넷이고 나는 혼자였다. 오전에는 반 전체가 참가하는 체육대회니 합창 대회 같은 것이어서 신경 쓸 필요가 없었다. 하지만 오후는 자유 프로그램이고, 네 녀석이 모두 한데 뭉쳐 다니라는 법도 없었다. 될수 있는 대로 녀석들 중 여럿이 뭉쳐 있는 곳을 쫓아다니기는 했지만, 하나라도 시야에서 벗어나면 불안한 것은 마찬가지였다. 첫날 저녁 마지막 프로그램은 연극제였는데, 녀석들의 바로 뒷자리에 앉기 위해 얼마나 다른 사람들을 비집고 밀치며 나아갔는지 모른다. 눈총에 화살이라도 달려 있었다면 나는 그 자리에서 고슴도치가 되어 고꾸라졌을 것이다. 잔뜩 긴장한 것이 무색하게시리 녀석들은 연극이 끝날 때까지 아무도 자리를 뜨지 않았고, 그날 저녁 파김치가 되어 집으로 돌아온 나는 제대로 씻지도 못하고 침대 위에 고꾸라졌다. 너무 피곤해서 꿈도 꾸지 않고 잤던 것 같다.

"내가 바보지."

다음 날 아침 양치를 하던 중, 나는 나도 모르게 이렇게 중얼거리다가 거품을 삼키고 캑캑 기침을 했다. 덕분에 칫솔은 잇몸을 찌르고, 하얀 치약 거품은 피가 섞여 분홍빛이 된 채 턱 밑으로 흘러내렸다. 하지만 내가 바보라는 것은 마찬가지였다. 내가 무슨 홍길동이라고 네 명씩이나 마크할 필요가 없었다. 만약 짐작대로라면 석원이 하나만 쫓아다니면 되는 것이었는데. 그래서 그날은 석원이만 쫓아다니기로 했다.

그러나 그것은 생각보다 어려운 일이었다. 석원이는 담임이 출석을 부르자마자 어디로 갔는지 사라졌다. 출석 번호가 뒤쪽인 나는 담임의 점호에 대답하고 나서 총알같이 뒤를 쫓아 내달았으나, 그때는 이미 석원이의 모습을 운동장 어디에서도 찾을 수 없었다. 평소에도 어깨를 움츠리고 고개를 떨어뜨리고 다니는 녀석이니, 인근 학교에서까지 몰려온 수많은 사람들 속에서 찾아낸다는 것은 교과서에서 기말고사 문제를 찍는 것보다 더 어려웠다.

오전 내내 뙤약볕이 내리쬐는 운동장을 돌아다니고 나서 자포자기의 심정으로 분식집에서 파는 것보다 훨씬 더 비싼 김밥과 떡볶이를 사 먹고, 나무 그늘에 앉아 콜라를 들이켜며 잠시 숨을 돌리다가 운동장 가장자리에서 서성이는 석원이를 발견한 것은 순전히 행운 덕택이었다. 그 행운이 날아가지 않도록 나는 신중하게 석원이의 뒤를 밟았다.

일단 찾아내고 나자 쫓아다니기는 쉬웠다. 석원이의 발걸음은 느렸고, 어디 볼 곳을 정해놓은 데가 있는 것 같지도 않았다. 그냥 시간을 보내기 위해 돌아다니는 것처럼 이곳저곳을 기웃거리고 어슬렁거렸다. 오히려 그 뒤를 쫓으며 덩달아 어슬렁거리는 것이 힘들었다. 시간이 지나면서 긴장이 풀어지자 발걸음이 멋대로 빨라지는 바람에 몇 번이나 석원이와 어깨를 부딪칠 뻔하기도 했다. 그러나 석원이는 어디에 정신이 팔렸는지, 내가 가까이 다가가도 알아채지 못했다. 두어 시간 동안 나와 석원이는 그렇게 서툰 미행을 하고 당하며 학교 곳곳을 돌아다녔다.

어느덧 시간이 흘러 마지막 순서인 방송제가 삼십 분밖에 남지 않았을 때, 갑자기 석원이의 자세가 달라졌다. 녀석은 등을 펴고 성큼성큼 걷기 시작했다. 내가 따라가는 데 쩔쩔맬 정도로 빠른 걸음이었다. 석원이가 향한 곳은 임시로 세운 동아리 비품 천막이었다. 바람에 펄럭거리는 천막 아래 온갖 동아리의 물건들이 어지럽게 쌓여 있었다. 그중에서도 어제 연극반에서 쓰고 내던져 놓은 무대 장치들이 가장 큰 부피를 차지했다. 너무 가까이 따라갈 수는 없었기에 나는 그 무대 장치 뒤로 몸을 숨겼다. 곧 무대 장치 너머에서 낯익은 목소리가 들렸다.

"뭔데, 자식아. 왜 불렀어?"

현중이의 시원시원하고 걸걸한 목소리였다. 잠시 후 석원이의 목소리도 들렸다.

"너희 자, 자꾸…… 나도 가만…… 안 있을 테니…… 두, 두고 봐!"

석원이의 목소리는 새되게 올라가며 끝이 벌벌 떨리고 있었다. 그 더듬거리는 목소리를 듣고 있자니 나도 모르게 안타까움이 치솟았다. 바보, 뭐 하는 거냐. 나한테 상관 말라고 할 때의 기세는 어디 갔어.

석원이의 말이 끝나자마자 무대 장치 건너편에서 여러 갈래의 웃음소리가 터져 나왔다. 그 웃음소리를 듣자 나도 몸이 떨렸다. 그 녀석들, 전부 여기 모여 있었던 것이다. 아무리 생각해도 네 명에 대항해서 석원이를 지킬 자신은 없었다. 하지만 나라도 석원이를 지키지 않으면 무슨 일이 날지 모른다. 나는 처음으로 경찰을 부르지 않은 것을 후회했다. 내가 튀어 나갈 때 진석이와 명훈이가 나머지 둘을 좀 말려주면 좋으련만.

곧 웃음소리가 그치고 와당탕 소리가 들렸다. 무엇인가가 쾅 부딪치는 바람에 내가 숨어 있던 무대 장치가 흔들거렸다. 길원이의 날선 쇳소리가 들려왔다.

"이게 돌았나. 새끼, 너 정말 함 죽어볼래? 어디서 돼먹지 않게 잘난 척이야?"

순간, 눈앞이 어질어질하더니 깜깜해졌다. 격렬한 감정과 의식이 내 의식을 덮쳤다. 이런 일은 처음이었다. 온몸이 걷잡을 수 없이 흔들렸다. 피부 속에 들어 있는 것이 몽땅 쏟아져 나올 것 같은 느낌이었다. 나는 분명히 깨어 있었지만 지금 나를 끌어들이는 거센 물살에는 깨어 있는 의식도 소용이 없었다. 검은 소용돌이는 세탁기의 물살처럼 내 의식 전체를 빨아들이고, 거대한 이빨로 자근자근 부수고, 뜨거운 증오와 함께 토해내어……. 바보 천치 이도현. 나는 이제야 소용돌이의 근원이 어디인가를 알 수 있었다.

절대로 그렇게 둘 수는 없었다. 천막 안에 짐승같이 처절한 비명이 울려 퍼지는 순간, 나는 진부한 표현이지만 혼신의 힘을 다해 소리를 지르며 숨었던 곳에서 튀어 나갔다.

"안 돼, 석원아! 참아!"

순간적으로 몸을 덮치는 날카롭고 뜨거운 느낌. 정신없이 터지는 비명과 옆에서 들리는 황급한 발자국 소리. 온몸이 쿵쾅쿵쾅 울리고, 몸이 내 몸 같지 않게 휘청거리고, 땅이 눈앞으로 다가오면서 ― 모든 것이 꺼졌다.

어쩌면 그때 가만히 있었어야 할지도 모른다.

팔과 가슴에 칼을 맞은 나는 쓰러졌다. 피를 보자 석원이는 반쯤 정신이 나가서 계속 사방으로 칼을 휘둘러댔고, 네 명의 아이들은 이리저리 흩어지며 비명을 지르고 경찰에 신고했다. 경찰들이 들이닥치는 바람에 방송제는 쑥밭이 되었다. 나를 빼고는 다친 사람이 아무도 없었다. 나는 병원에 실려 가 여기저기 꿰매고 일주일 동안 누워 있었다. 그나마 근육이나 신경을 크게 다치지 않아서 다행이라고 했다. 그러나 내가 상처를 입었기 때문에 가만히 있었어야 한다고 말하는 것은 아니다.

나는 그 소용돌이가 석원이의 마음속에서 휘몰아친 회오리였다는 것을 마지막 순간까지 알지 못했다. 일상적이고 별것 아닌 것처럼 보이는 폭력이 어떤 증오와 절망과 악의를 낳는지 알지 못했다. 석원이가 왕따를 당하는 동안 꾸준히 돈을 모아 인터넷으로 구입한 일본도 앞에 몸을 던지는 순간까지, 석원이가 왜 그런 길을 택했는지, 절망이란 왜 절망인지도 알지 못했다. 그저 눈앞의 사건이 벌어지지 않게 막기만 하면 모든 일이 눈 녹듯 자연스럽게 해결될 거라고 생각했는지도 모른다. 그 순간에 생각할 겨를이 있었다면 말이지만.

석원이는 자퇴하고 정신과 치료를 받고 있다. 그것도 우리 집과 원만히 합의가 이루어졌기에 법정으로 가지 않은 것이다. 학교에서는 폭력적이고 충동적인 학생이 학업 스트레스를 못 이겨 발작적 행동을 한 것으로 처리했다고 한다. 그런데 왕따를 시키던 녀석들은 근신이나 정학 처분도 받지 않았다. 처음에는 처벌이 논의되었으나, 학부모들이 몰려와 '학교의 감독 부족으로 칼을 맞을 뻔한 아이들에게 무슨 짓이냐'고 항의하는 바람에 유야무야 넘어갔다.

이 웃기는 상황을 어떻게 받아들여야 할지 알 수가 없었다. 아버지에게는 '공연히 남의 일에 끼어들어서 몸을 다치고 공부도 못 한다'고 꾸중을 들었고, 어머니는 내가 사건에 대해 입이라도 뗄라치면 눈물을 글썽거리며 입을 막았다. 동생에게는 내가 활극의 주인공이나 영웅으로 보이는 모양이다. 게다가 믿고 있던 고모는 아무리 불러도 오지 않았다. 고모에게는 정말로 이야기하고 싶었는데.

이렇게 되면 내가 믿는 대로 행동하는 수밖에 없었다.

"그래서 그렇게 한 거예요, 고모."

나는 살아 있는 세계의 조카를 바라보았다. 조카의 눈에는 자기밖에 할 수 없는 일을 했다는 자랑스러움과 함께 후회와 부끄러움이 범벅이 되어 있었다. 나는 그 애를 이해했다. 가끔 나는 조카가 내 오빠, 자기 아버지보다 우리 엄마와 나를 더 닮았다고 느낀다.

"그래서 걔네들 넷의 정신세계에 들어가서 죄책감과 우울함을 가득 채워 넣고 나왔다고?"

"네……말하자면요."

쉬운 일은 아니었을 것이다. 처음 해보는 일이고, 그중 두 명은 같은 중학교를 나온 아이들이었으니.

"그래, 기분이 어떻든?"

"더러웠어요. 누군가에게 해코지를 한다는 것이 이렇게 기분 나쁠 줄은 몰랐어요."

나는 잠자코 기다렸다. 아이의 가슴속에서 말이 정돈되기를. 조카도 그것을 알고 있었다. 한참 후 조카가 입을 열었다.

"뭐가 뭔지 하나도 모르겠어요. 그런 일이 눈앞에서 벌어졌는데, 그 녀석들은 아무 벌도 받지 않고 지나가는데, 내가 가만히 있으면 안 될 것 같았어요. 그렇다고 문제를 크게 만들면 걔네들 부모님부터 시작해서 석원이, 석원이 부모님…… 상처 입을 사람이 너무 많았어요. 고모 말이 옳았어요. 경찰에 알리려면 일이 벌어지기 전에 알렸어야 했어요."

'그러게 그러라고 했잖아.' 소리가 입 끝까지 치밀어 올라왔지만 나는 그 말을 내리눌렀다. 내 열일곱 살 때 그런 말이 도움이 되었던 적이 한 번이라도 있었던가.

"한참 생각했어요. 내가 이상한 힘을 가졌다는 것 하나로 그 애들에게 벌을 줄 자격이 있는지. 하지만 그 애들이 오히려 피해자 연기하며, 석원이에 대한 죄책감 하나 없이 멀쩡하게 학교에 다니는 건 옳은지. 내게 그럴 수 있는 힘이 있는데 이런 일을 그냥 지나쳐 버리는 것이 잘하는 짓인지. 그래서 일단 무턱대고 들어가 보기로 했어요. 사실 할 수 있을 거라고는 생각하지 않았어요. 못하면, 시도해보았다는 것으로 만족하려고 했어요."

혈기 방장한 나이를 고려하더라도 저 무모한 점은 제 아버지를 전혀 닮지 않았다. 나는 슬그머니 입가에 피어오르는 미소를 억눌렀다.

"그런데, 생각보다 훨씬 쉽게 들어갈 수 있었어요. 아마 화가 나서, 그 힘으로 그럴 수 있었던 것 같아요. 들어가서 내가 놀란 건 녀석들의 정신세계에서 이 일에 대한 죄책감은 너무 작았다는 거예요. 이 일 자체는 그 애들에게도 대단한 충격이었지만 그 충격은 자기가 칼을 맞을 수도 있었다는 두려움에서 나온 것이고, 꺼림칙한 문제에 대한 자기합리화와 잊어버리려는 노력으로 점점 묻혀가고 있었어요. 그걸 참을 수가 없었어요. 그래서……."

나는 고개를 끄덕이며 조카의 어깨를 도닥였다. 끝까지 말을 하며 가슴을 후벼 팔 필요도 없고, 내가 끝까지 들어야 할 필요도 없다. 내 손이 어깨를 스치자 조카는 핏기 없는 얼굴을 들었다.

"그런데 고모, 왜 안 오셨던 거예요? 내가 얼마나 애타게 불렀는지 알아요?"

"안 올 만하니까 안 온 거야. 만약 내가 그때 와서 이래라저래라 했더라면, 지금 네가 나한테 이런 이야기를 할 수 있겠어?"

"······못하죠."

"어른이 되어간다는 건 그런 거야. 네 힘은 좀 별나긴 하지만, 커 가면서 힘이 붙고 그 힘을 언제 어디서 어떻게 써야 옳은 건지 고민 한다는 점에서는 다 똑같아. 그 고민을 해결할 사람은 자기밖에 없 는 거고. 내가 할 수 있는 일은 그 고민을 들어주는 정도야. 너 더 커봐라. 이 정도만 해도 사회에서는 대단한 거라고."

도현이의 얼굴이 뭐라 말할 수 없는 표정으로 일그러졌다.

"고모, 냉정해!"

볼멘소리가 터지며 내 쪽으로 볼펜이 날아왔다. 피할 필요는 없 었지만 나는 예의상 슬쩍 어깨를 옆으로 비틀어주었다. 볼펜은 내 뒤쪽의 벽에 부딪쳐 떨어졌다. 나는 피식 웃으며 손가락을 흔들 었다.

"아무리 유령이라지만 고모에게 물건을 던지면 안 되지. 그럼 나 는 간다. 잘 지내고, 또 재미있는 일 있으면 불러라. 아참, 어른 세 계로 한 발짝 온 걸 축하한다."

"고모, 잠깐만!"

내가 저쪽 세계로 사라지려는 순간, 도현이가 손까지 내밀어 가 며 급하게 불렀다. 이제 와서 또 무슨 일일까 싶어 나는 잠깐 다시 얼굴을 내밀었다.

"또 뭔데?"

나는 '내가 정말 잘한 걸까요?'같이 죄책감과 혼란에 찬 질문이

나오리라고 생각했다. 그런 질문이 나오면 대답 않고 사라져버릴 작정이었다. 그 질문에 대한 대답은 나도 모르니까. 다른 사람의 마음속에 들어갈 힘이 있고, 불의가 저질러지는 것을 보고 넘어가지 못하는 마음이 있을 때 어떻게 해야 하는지는 아직 이 세계에서도 저 세계에서도 답이 나오지 않았으니까. 그러나 이 조카 녀석은 역시 마음에 드는 데가 있었다. 도현이는 정말로 나를 붙잡으려고 백 미터쯤 전력 질주한 듯이 숨을 헐떡거리며 물었다.

"나, 이제 어른 세계에 왔다면서요. 그럼 얘기해줘요. 고모, 아버지랑은 왜 싸운 거예요?"

마음속으로는 폭소가 터졌지만 나는 애매하게 웃으며 눈만 찡긋했다.

"어른 세계에 한 발짝 가까이 왔다고 말했을 뿐이야. 조카, 자넨 아직 한참 병아리라고. 나중에, 네가 고군에게 잡아먹히지 않고 커다란 수탉으로 커서 꼬끼오 울면 그때 말해줄게. 그럼 잘 지내라."

저쪽 세계로 사라지기 전 마지막으로 내가 본 모습은 닭 쫓던 개처럼 멍한, 하지만 후련하게 짐을 내려놓고 한 마디 더 큰 것 같은 도현의 모습이었다. 그래, 아무리 더러운 소용돌이에 휘말려도 젊음과 성장은 멈추지 않는 법이지. 그러니 어려운 일이 있으면 또 부르시게. 다시 보세, 조카.

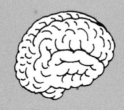

이지문 ──★ ★

개 인 적 · 동 기

한 인간으로 하여금 수많은 장애물을 넘어 한 단계 도약하는 성취를 이루게 하는 것은 무엇일까? 숭고한 이상? 원대한 포부? 아니다. 대개 진짜 이유는 따로 있는 법이다. 나는 김영선 박사의 생애로부터 그 사실을 깨닫게 되었다.

김영선 박사에 대해서는 요즘 누구나 알고 있다. 명예에 집착하는 사람들에게는 한국 최초의 노벨의학상 수상자로서, 학계에는 사이언스나 네이처 뉴로사이언스 등 저명한 학술지에 서른여덟 편이나 되는 논문을 싣고 마흔다섯에 석좌교수가 된 성깔 사나운 천재로서, 재계에는 한 해 백억 원의 연구비를 운용해서 열 배 이상의 이익을 창출해내는 벤처 사업가로서, 그리고 뇌과학 같은 것에 전혀 관심 없는 보통 사람들에게는 반쯤은 태권브이를 만든 김 박사처럼 신화적인 천재이고 반쯤은 악당 카프 박사 같은 미친 과학자로, 아주 잘 알려져 있다. 게다가 수년간 언론의 지나친 관심의 표적이 된 나머지 출생부터 마흔아홉이 된 지금까지의 모든 것, 예를 들어 초등학교 3학년 때 몇 등을 했는지, 손톱은 며칠에 한 번 깎는지 따위 쓸데없는 정보까지도 죄다 알려져 있다. 이런 상황은 뒤집어 말하자면 어떤 면에서는 전혀 알려져 있지 않다는 뜻이 될 수도 있다. 너무 잘 알려진 사실이란 반증을 허용하지 않기에 이미 알려진 것과 상반되는 사실은 무시되기 십상이니까. 예를 들어 김영선 박사의 가장 중요한 업적인 '가상두뇌를 통한 한시적 감정 공유 시스템', 통칭 '공감 시스템'이 발명된 이유 같은 것은 제대로 알려져 있지 않다. 아, 물론 노벨상 수상 연설에서는 '감정 공유를 통해 인간 상호 간의 이해를 증대시켜 궁극적으로 세계평화를 도모'하는 것이, 어떻게 보면 매우 위험할 수도 있는 시도를 하게 만든 동기였다고 했다. 내가 말하는 것은 그런 번지르르한 대외용 문구가 아니라, 진짜 이유 말이다.

따져보자면 얘기는 김영선 씨의 고등학교 시절로 거슬러 올라간다. 학창 시절에 김영선 씨는 우등생이었다. 특히 수학과 과학을 잘했고 영어도 그럭저럭 잘하는 편이었다. 반면에 제일 어려워한

과목은 다들 별 무리 없이 해내는 국어였다. 뭐, 물론 원체 머리가 좋은 편이었기 때문에 국어도 평균 점수 이상은 받았지만 다른 과목에 비해서 처지는 편이었다는 이야기다. 국어영역 중에서도 고전문학 같은 것은 별 문제가 없었다. 어차피 텍스트가 한정되어 있으니까 달달 외워버리면 되었다. 김영선 학생이 제일 질색하는 것은 시, 특히 현대시였다. 도통 이해할 수가 없었다. 열 줄밖에 안 되는 짤막한 시 한 편에 무슨 해석을 이백 줄씩 붙여야 하는지. 작가가 진짜 그런 의도로 썼는지 아님 전혀 딴생각으로 썼는지 알지도 못하면서 이말 저말 다 끌어다 붙이는 거다. 참고서를 팔아먹기 위해 참고서 출판업자와 평론가, 학원 강사 들이 짜고서 억지로 거창한 해석을 갖다 붙인 게 확실하다고 김영선 학생은 굳게 믿었다. 문제는 이유야 어찌됐든 간에 그런 해석들이 시험에 출제되고 대학 등락을 좌우한다는 점이었는데……. 참, 공감 시스템을 발명하게 된 계기에 대해 말하는 중이었지. 결정적인 계기가 된 그 사건은 김영선 학생이 고등학교 1학년이었을 때 일어났다. 중간고사에 이육사 시인의 「교목」이 출제되었다.

 푸른 하늘에 닿을 듯이
 세월에 불타고 우뚝 남아서서
 차라리 봄도 꽃피진 말아라.

낡은 거미집 휘두르고
끝없는 꿈길에 혼자 설레이는
마음은 아예 뉘우침 아니라

검은 그림자 쓸쓸하면
마침내 호수 속 깊이 거꾸러져
차마 바람도 흔들진 못해라.

시험문제는 '이 시의 세 번째 연에서 느껴지는 주된 미의식은 무엇이며, 그와 같은 느낌을 주는 예문이 옳게 짝 지어진 문항을 고르시오.'였다. 지금도 똑똑히 기억하고 있는바, 그 사지선다 문제의 3번 문항은 '비장미 — 꿈꾸어도 노래하지 않고 / 두 쪽으로 깨뜨려져도 / 소리하지 않는 바위가 되리라'였다. 수업도 꼬박꼬박 들었고 학원도 다녔고 시험공부도 열심히 했기 때문에 김영선 학생은 그것이 출제자가 원하는 정답이라는 것을 알고 있었다. 이육사 시인은 저항시인이고, 따라서 그의 모든 시는 일제에 대한 저항의식을 표현한 것이고, 모든 시어는 굳은 의지와 저항정신을 상징하며, 그의 작품에서는 남성적인 어조와 비장미가 풍긴다고 배웠다. 그리고 같은 느낌을 주는 예문으로는 모든 참고서에 굳은 의지의 상징처럼 공식화되어 있는 유치환의 「바위」를 골라야 했다.

하지만, 하지만 말이다, 아무리 세 번째 연을 되풀이해 읽어봐도 김영선 학생은 굳은 저항정신이나 비장미보다는, 세상사에 지쳐 피곤하고 쓸쓸해진 한 인간이 아무도 괴롭히지 못하는 곳에 숨고 싶어 하는 서글픈 마음이 느껴졌다. 제아무리 불굴의 저항시인이라도 가끔은 절망도 하고, 만사 귀찮아져서 어딘가 짱 박혀 쉬고 싶을 때도 있는 게 당연하잖은가. 그래서 김영선 학생은 사춘기 특유의 객기로 4번 '애상미 — 살어리 살어리랏다 / 청산에 살어리랏다 / 멀위랑ᄃ래랑 먹고 / 청산에 살어리랏다'를 선택했다.

대부분의 우등생들이 그렇듯이 김영선 학생도 소견이 좁고 자존심이 강했다. 그 문제가 틀리는 바람에 전체 1등을 놓치자 열 받은 김영선 학생은 그다음 국어시간에 선생님 — 하필 담임이었다 — 에게 왜 3번이 답이냐고, 왜 4번이 답이 아니냐고 따졌다. 선생님은 인내심 있게 설명해주었다.

"여기서 검은 그림자란 일제 치하의 암담하고 괴로운 시대 상황을 상징한다. 호수 속 깊이 거꾸러진다는 말은 삶까지도 버리는 고난을 뜻하고. 그렇지만 바람도 흔들진 못한다, 즉 어떤 외부의 폭압이나 회유에도 굴하지 않겠다는 강인한 의지를 나타내고 있잖아. 그러니까 비장미지."

"하지만요, 그건 다 이육사가 저항시인이라는 걸 바닥에 깔고서 해석하는 거잖아요. 검은 그림자가 정말로 일제 압박을 뜻하는지 어떻게 알아요?"

김영선 학생은 '혹시 이육사가 도피생활을 하느라 빚을 많이 져서 빚쟁이들한테 시달리다가 어디로 도망치고 싶었던 건지도 모르잖아요.'라고 덧붙이고 싶은 것을 꾹 참았다. 선생님은 못마땅한 표정으로 김영선 학생을 내려다보았다.

"맞아, 이육사 시인은 저항시인이지. 모든 문학작품은 시대 상황을 반영하는 법이니까, 이 시에 나오는 시어들도 모두 당시 상황과 시인의 생애에 맞춰 해석하는 게 당연한 거다. 그 시절에 검은 그림자라고 안 하고 무도한 일본 지배라고 대놓고 쓸 수는 없었겠지?"

"그러니까 결국 다 추측이란 말이잖아요."

이제 선생님은 뭔가를 꾹 참는 표정이 되었다.

"그래, 네 말대로 만에 하나 시어가 다른 뜻일 수도 있겠지. 하지만 봐라, 그래도 3번이 답 맞아. 이 시에서 느껴지는 게 비장미지, 어떻게 애상미냐?"

선생님의 반문이야말로 핵심을 찌르는 것이었다. 단어 하나하나가 무슨 뜻인가는 선생님 말이 맞을지도 몰랐다. 아니, 선생님 말이 맞을 것이다. 하지만 '느낌'은 아니었다. 김영선 학생은 배짱 좋게도 솔직히 말했다.

"전 암만 읽어봐도 애상미가 느껴지는걸요. 어떻게 비장미예요?"

마침내 선생님은 폭발했다. 선생님 생각에는 이렇게 영리한 애가 요렇게 간단한 문제를 진짜로 이해 못할 리가 없었다. 애가 지금 공부 잘하는 거 믿고 반 애들 앞에서 자기를 물 먹일 목적으로 개갠다고 확신한 선생님은 본보기를 보이기로 작정했다. 게다가 국어 선생님은 '매 앞에 모든 학생이 평등하다'는 신념을 갖고 있는 사람이었는지라 김영선 학생이 우등생이라거나 여학생이라는 이유로 봐주는 것 없이, 당구채를 잘라 만든 지휘봉 — 이때의 트라우마로 김영선 박사는 평생 당구를 싫어하게 되었다 — 으로 엉덩이를 다섯 대 야무지게 때려주었다. 다음 시험에서 또 시 영역 문제를 틀리면 열 대 때려주겠다는 엄포와 함께.

김영선 학생은 분노했다. 진짜로 애상미가 느껴져서 애상미라고 하는 게 잘못인가? 어떻게 그게 비장미가 되나? 결단코 이해할 수가 없었다. 게다가 김영선 학생은 늘 우등생이었고 별다른 사고를 친 적도 없는 탓에 맞아본 경험이 거의 없었다. 그런데, 아픈 것도 아픈 거지만 반 애들이 다 보는 앞에서, 특히 여드름투성이 남자애들이 낄낄거리면서 보는 앞에서 치마를 입은 채로 엉덩이를 맞았다는 사실에 김영선 학생은 자존심에 치명상을 입었다. 망할 놈의 선생, 망할 놈의 시, 망할 놈의 국어.

하지만 분노해봤자 별수 없이 기말고사가 돌아왔고 또 시 영역에서 두 문제가 출제되었다. 김영선 학생은 바보가 아니었으므로 이번에는 참고서에 나와 있는 해설을 충실히 따라 그야말로 '모범답안'을 써냈다. 만점 맞은 답안지를 보자 속에서 열불이 끓었지만 이건 그냥 대학 들어가기 위한 수단일 뿐이다, 대학만 들어가고 나면 시 따위 쳐다보지도 않을 테다, 하고 김영선 학생은 결심했다.

그 후 고등학교 삼 년 내내 김영선 학생은 늘 국어를 만점 맞았지만 한 번도 시를 읽으면서 진짜로 감동을 느껴보지도, 주렁주렁 달린 해석 문구들에 공감하지도 못했다. 대학에 진학하여 분자생물학을 전공하고 또 대학원에서 뇌신경학을 연구했던 여러 해 동안, 김영선 씨가 읽은 거라곤 전공서적과 학술논문이 전부였던 것도 무리는 아니다.

그러나 그때 일을 잊어버린 것은 결코 아니었다. 어떻게 잊을 수 있겠는가? 다들 한번 가슴에 손을 얹고 생각해보라. 어릴 때 선생님에게, 또는 부모님에게 억울하게 꾸중을 듣거나 맞은 적이 최소한 한 번씩은 있을 것이다. 그때 일을 잊을 수 있는가? 옛날 일이니까 웃어넘길 수 있다고? 아니, 확언하건대 그런 기억은 평생 가는 법이다. 더구나 김영선 씨의 경우는 틀린 줄 알면서 한번 개개어본 것이 아니라 정말로 왜 그것이 답인지 왜 그 시구가 그렇게 해석되어야 하는지 이해할 수 없었던 것이기 때문에, 그 억울함은 언제나 마음 한구석에 고스란히 남아 있었다.

그러므로 뇌신경학을 연구했던 김영선 씨가 감정이입 또는 공감이라는 주제에 관심을 갖게 된 것은 어쩌면 필연이었는지도 모른다. 하지만 파고들수록 어렵고 모호하기만 했다. 감정이란 것의 정체가 무엇인지, 어떻게 생기는지, 왜 동일한 상황에서 사람마다 다른 감정을 느끼는지, 왜 똑같은 시를 읽고도 나는 하나도 비장하게 느끼지 않는데 선생님은 비장미가 정답이라고 말하는지.

김영선 박사는 당시까지 감정에 직접 영향을 주는 것으로 알려진 인자들을 차례차례 시험해보았다. 아세틸콜린, 노레피네프린, 도파민, 세로토닌, GABA 같은 신경전달물질, 유전인자, 약물, 신경충격, 환경 자극, 뇌질환, 기타 등등. (물론 건강한 자원자를 모집해서 적절한 보상을 하고 윤리 규정에 어긋나지 않게 실험했다는 것을 말해둬야겠다. 김영선 박사는 일부 종교단체에서 비방하듯이 연구윤리나 인권 같은 것은 발톱 밑의 때처럼 여기는 매드 사이언티스트가 아니다.) 그러나 아무리 모든 조건을 최대한 동일하게 만들어도 피험자들의 반응은 일치하지 않았다. 뇌 스캔 사진에 나타난 활성부위도 비슷하긴 했지만 세부적으로는 모두 달랐다. 김영선 박사는 실망했다. 하지만 완전히 절망하지는 않았다. 실험 결과들이 암시하는 결론은 하나였고, 그동안 쭉 추측해오던 가설과 일치했기 때문이다. 감정을 만드는 것은 개별 인자 몇 개가 아니라 뇌자체, 정확히 말해서 수십억 개의 뉴런들이 서로 얽히고설켜 만든 구조임에 틀림없었다. 인간의 전 생애 동안 셀 수 없는 경험을 쌓으면서 어떤 뉴런 연결은 강화되고 어떤 연결은 약화되어 결국에는 세상에 하나밖에 없는 고유한 구조를 만들게 되고, 그 구조의 특성에 따라 외부 자극이나 신경전달물질에 대한 반응이 달라지는 것이다. 즉, 인생 경험에 따라 뇌 구조가 달라지고, 결과적으로 감정이 달라진다. 상식적으로 생각하면 당연한 얘기였다. 하지만 그것을 실제로 입증하는 것은 전혀 다른 문제였다.

당시에 초정밀 스캔 기법은 이미 실용화 단계에 들어서 있었다. 생체 조직에 조영제와 추적자를 거의 푹 절이다시피 주입한 다음 가능한 최단파장으로 연속 스캔하면 피코미터 수준까지 식별 가능한 해상도를 얻을 수 있었다. 어차피 김영선 박사가 관심 있는 것은 뉴런들의 크기와 밀도, 연결 패턴이었으므로 그 정도면 충분히 뇌의 구조를 파악해낼 수 있었다. 그러므로 당연히 감정이란 것이 어떻게 생겨나는지도 알 수 있어야 마땅했다. 하지만 세상일이 늘 그렇듯이 이론과 실제 사이에는 우주만큼의 간격이 있는 법이다.

첫 번째 문제는 그런 스캔 과정이 생체 조직에 상당한 타격을 입힌다는 점이었다. 네 번만 반복 스캔하면 뇌 조직이 맛이 가버릴 정도였다. 따라서 동물의 뇌만 실험 재료로 사용할 수 있었는데, 동물은 말을 못하므로 자극을 주었을 때 실제 느낌이 어떤지 알아낼 방도가 없었다. 통증이나 공포처럼 생명 유지와 직결된 강렬한 감각이라면 비교적 간단했다. 생쥐들한테 통증을 준 다음에 펄펄 날뛰는 녀석과 움찔대면서 참아내는 녀석을 골라 스캔해본다면 고통을 잘 느끼는 뇌의 특성을 파악할 수 있을 것이다. 하지만 섬세한 감정은 전혀 다른 문제였다. 생쥐들한테 코미디 영화를 보여주고 재밌냐? 라고 물어서 그렇다고 대답하는 녀석을 골라낼 수는 없는 노릇이니까. 두 번째 문제는 스캔 데이터의 엄청난 용량이었다. 김영선 박사가 일하는 연구단지에서 성능이 제일 좋은 슈퍼컴퓨터를 써도 생쥐의 뇌 하나에서 얻은 데이터도 제대로 통합하기 어려웠다. 세 번째, 그리고 가장 어려운 문제는 반응성이었다. 말인즉, 똑같이 생긴 똑같은 크기의 뉴런이라도 활성이 다 달랐으므로 실제 반응성을 파악하려면 싱싱하게 살아 있는 뇌에다 자극물질을 하나씩 주입해가면서 그때그때 달라지는 반응 상태를 완벽하게 스캔해내야 했다. 엄청난 작업이었지만, 노가다를 두려워하는 자는 바이오연구 같은 건 일찌감치 때려치우는 게 낫다. 어쨌든 김영선 박사는 시도해보았다. 생쥐의 뇌를 대상으로 한 첫 번째 실험 결과는 완전히 엉망이었다. 신경전달물질 투여 부위가 2밀리미터만 바뀌어도 반응 패턴이 크게 달라졌다. 어떤 패턴이 더 중요한지도 알 수 없었고, 그렇다고 모든 부분을 죄다 테스트한다는 것은 생각만으로도 입이 딱 벌어지고 눈앞이 캄캄해지는 일이었다. 집념의 한국인 김영선 박사마저 이 난관 앞에 두 손을 들기 직전에, 운명처럼 한 사람이 등장했다.

장성식 박사는 컴퓨터 공학자였다. 전문 분야는 양자 컴퓨터, 좀 더 상세히 말하자면 양자 컴퓨터의 실용화였다. 당시 그 분야에서 가장 큰 문제는 컴퓨터에 대해 조금이라도 아는 사람이라면 누구나 양자 컴퓨터의 엄청난 가능성에 대해 동의하면서도, 정작 그것을 어떻게 사용해야 할지는 다들 갈피를 못 잡고 있다는 점이었다. 주먹만 한 다이아몬드 원광을 캐냈는데 연마할 줄을 몰라 마늘이나 다지고 있는 격이었다. 장 박사 생각에는, 양자 컴퓨터가 진가를 발휘할 수 있는 분야는 기존의 컴퓨터로는 엄두도 낼 수 없는 무시무시하게 방대하고 복잡한 데이터를 효율적으로 처리하는 것이었다. 하지만 어떤 주제를 선택할 것인가? 물론 방대하고 복잡한 문제야 많았다. 우주 시작 시 빅뱅에서 행성이 생겨날 때까지의 물질 상태를 계산한다든지, 인간 수준의 인공지능을 개발한다든지, 육 개월 후 날씨를 정확히 예측한다든지. 하지만 장성식 박사는 그보다는 좀 더 빠른 시일 내에 가시적 성과를 낼 수 있을 법한 프로젝트를 찾고 있었다. 그러던 어느 날 장 박사는 대한인공지능학회에 참석하게 되었다. 그해의 주제는 '제6세대 인공지능 개발 — 뇌신경 생리학과 컴퓨터 공학의 통합'이었다. 장 박사는 뇌신경학 분야에는 완전히 문외한이었기 때문에 그쪽 강연 시간에는 내내 졸았다. 한데 꾸벅꾸벅 졸다가 고개가 꺾이는 바람에 깬 장 박사는 때마침 눈앞에 펼쳐진 슬라이드를 보고 잠이 확 달아났다.

"그러므로 이러한 뇌 조직 스캔 결과로부터 의미 있는 결론을 도출해내기 위해서는 방대한 데이터를 효율적으로 통합할 수 있는 방법론이 필요합니다."

장성식 박사는 발표가 끝나자마자 달려 나가 발표자였던 김영선 박사에게 말을 걸었다. 몇 마디 나누기도 전에 두 사람은 서로가 서로에게 필요한 것을 갖고 있다는 사실을 파악했다. 그 만남이 이후 칠 년에 걸친 공동연구의 시작이었다.

장성식 박사는 컴퓨터상에 가상 두뇌공간을 설정하고 김영선 박사가 축적해놓은 엄청난 양의 생쥐 뇌 스캔 데이터를 통합하기 시작했다. 일단 무자극 상태의 데이터를 사용하여 기본 틀을 잡은 다음, 특정한 자극을 주었을 때의 데이터를 추가하여 반응성 패턴을 잡아나갔다. 그런 식으로 삼십여 가지 신경전달물질이나 약물에 대한 반응 패턴이 입력되었다. 하지만 뇌에 영향을 줄 수 있는 인자는 그 밖에도 셀 수 없이 많았고, 틀림없이 아직 알려지지 않은 것도 많을 터였다. 그 모든 인자에 대한 반응 패턴을 일일이 파악한다는 것은 명백히 불가능했다. 서로 머리를 맞대고 끙끙대다가 김영선 박사가 생각해낸 것은 고전 중의 고전이라 할 수 있는 분자구조-활성 관계였다. 두 사람은 이미 파악한 패턴으로부터 자극인자의 분자구조와 반응 패턴 사이의 기본 관계식을 만들고, 그로부터 새로운 물질에 대한 반응 패턴을 그 물질의 분자구조를 토대로 예측했다. 그런 다음 실제로 그 물질을 투여해서 얻은 스캔 데이터와 비교하여 기본식을 수정해나갔다. 수백 가지의 변수들로 이루어진 수백 차 방정식을 푸는 것과 비슷한 그 작업은 양자 컴퓨터가 아니었더라면 불가능했을 것이다. 사 년 동안의 연구 끝에 두 사람은 감정 반응 모델의 첫 번째 버전을 만들어냈다. 12평 원룸만 한 크기의 컴퓨터 안에 구축된 생쥐의 가상두뇌는 미지의 자극에 대한 반응을 78퍼센트나 성공적으로 예측해냈다.

뭐, 다들 알다시피 그동안 두 사람이 연구만 한 것은 아니었다. 공통의 관심사를 가진 청춘 남녀가 사흘이 멀다 하고 으슥한 연구실에서 밤늦도록 붙어 있다 보면, 뭔가 특별한 감정이 싹트기 마련인 것이 자연의 섭리다. 그렇지 않다면 인류라는 종은 진작에 멸종하지 않았을까. 결국 만난 지 만 사 년이 조금 넘은 어느 가을날 김영선 씨와 장성식 씨가 결혼했을 때, 주변 사람들은 성격이 꽤나 다른 둘의 결혼에 놀라면서도 검은 머리 파뿌리 될 때까지 잘 살라고 덕담을 해주었다. 그도 그럴 것이, 빈말로라도 감성이 풍부하다고는 못할 김영선 씨와는 달리 장성식 씨는 '이공계 사람은 감성이 메말랐다'는 선입견에 충분히 반례가 될 만한 사람이었다. 다른 커플들에 비해 무덤덤했던 연애 시절에도 장성식 씨는 여자들이 좋아할 만한 영화라는 핑계로 멜로 영화표를 예매해놓곤 했다. 액션물과 코미디를 좋아했던 김영선 씨가 하품을 하다 옆을 돌아보면 장성식 씨가 자기도 하품을 하는 척하면서 슬쩍 눈물을 찍어내는 모습을 종종 목격할 수 있었다. 그럴 때면 김영선 씨는 방금 그 장면이 눈물이 나올 만한 장면이었던가, 곰곰이 생각해보곤 했지만 대개는 신통치가 않았다.

결혼한 지 일 년이 좀 지난 어느 날이었다. 김영선 씨는 늘 마음속에 있던 질문 하나를 던져보았다.

"있잖아, 고등학교 때 이육사의 「교목」 배웠지? 기억나?"

"응. 그거 1학년 국어 교과서에 있었잖아."

"그런데 말이야, 그 시 읽으면 당신은 뭐가 느껴져?"

"엉? 그걸 지금 어떻게 기억해. 그게 몇 년 전인데."

장성식 씨는 황당하다는 표정을 지었다.

"그럼 들어봐."

아직도 그 시를 정확히 기억하고 있었던 김영선 씨가 또박또박 읊어주었다. 그리고 다시 물었다.

"숭고미, 우아미, 비장미, 애상미 중에서 뭐가 느껴져?"

"비장미."

장성식 씨는 별로 생각하지도 않고 즉각 대답했다.

"정말? 정말로 비장미가 느껴져?"

"당연하지. 비장하잖아."

"왜?"

"왜라니? 그런 게 어딨어. 비장하니까 비장하지."

김영선 씨는 더 이상 묻지 않았다. 벽에 부딪친 느낌이었다. 역시 감정은 어디까지나 주관적이고 개인적인 것이었다. 그 누구도, 제아무리 가까운 사람이라 해도 진정으로 감정을 공유할 수는 없었다. 기껏해야 비슷한 감정을 느낀다고 추측하거나 착각할 수 있을 뿐이다. 세상에서 제일 마음이 통하는 사람이라고 느꼈던 남편이 문득 전혀 모르는 사람처럼 느껴졌다. 그날 이후 김영선 박사는 더욱더 연구에 매진했다.

그즈음 연구는 생쥐 모델에서 침팬지 모델로 진화해 있었고, 감정 모델은 이제 특정 자극을 주었을 때 침팬지의 뇌가 일으키는 반응과 90.5퍼센트 일치도를 보이는 단계까지 와 있었다. 인공지능 분야에서는 독보적인 성취였으므로 장성식 박사는 기뻐했다. 김영선 박사도 기뻐하긴 했지만 만족할 수는 없었다. 침팬지 감정 모델이 아무리 똑같이 반응을 재현해낸다 해도 그것은 그저 컴퓨터상의 수치일 뿐, 진짜 감정인지는 확신할 수가 없었다. 그것을 확인하려면 인간의 뇌를 토대로 한 감정 모델과 그 반응을 실제 '감정'으로 느낄 수 있는 인간 피험자가 필요했다. 두 사람의 사이가 벌어지기 시작한 것은 그때부터였다. 김영선 박사에게 양자 컴퓨터를 사용해 시뮬레이션한 감정 모델 자체는 아무리 대단해도 결국 도구에 불과했고, 궁극적인 목표는 그것을 이용해 타인의 감정을 체험하는 것이었다. 그러나 장성식 박사는 모델 구축 자체가 관심사였고 목표였다. 그에게는 인간성의 본질을 구성하는 기억이나 감정 같은 것은 함부로 손대거나 까발려서는 안 되는 일종의 성역이었다.

과학연구를 직업으로 삼는 사람들은 일이 사생활에까지 큰 영향을 미치는 경우가 많다. 특히 김영선 박사네처럼 부부 모두 과학자인 데다 같은 주제로 공동연구까지 하고 있다면 가정은 곧 제2의 연구실이 돼버린다. 그런 상황에서 연구에 대한 이견은 두 사람의 관계까지 틀어지게 만들었다. 집안 분위기가 불편해진 김영선 씨가 더욱 많은 시간을 연구실에서 보내자 장성식 씨는 더욱 마음이상했다. 그는 부부 사이를 개선하려면 일을 좀 줄이고 함께 보내는 시간을 더 가져야 한다고 생각했다. 하지만 막상 김영선 씨가 밤늦게 돌아오면 그는 대화를 시도하기보다 화부터 냈다. 그런 식으로 두 사람 사이는 계속 더 틀어져만 갔고, 마침내 결혼 3주년을 막 넘겼을 즈음 장성식 씨는 이혼을 요구했다. 다른 여자가 생겼다는 것이었다. 김영선 씨보다 훨씬 다정하고 가정적인 여자가. 김영선 씨의 충격은 이루 말할 수 없었다. 깊은 배신감과 모멸감에 치를 떨며, 그녀는 이혼서류에 도장을 찍었다.

그 후 일 년 동안 김영선 씨는 미친 듯이 연구에만 몰두했다. 사고 소식을 들었던 날에도 연구실에 틀어박혀 있었다. 장성식 씨가 운전하던 차가, 중앙선을 넘어 전방에서 달려오는 오토바이 폭주족을 피하려다가 가로수와 정면충돌했다는 것이었다. 김영선 씨가 병원으로 달려갔을 때 그는 이미 회생 불능 상태였다. 장기가 거의 다 파열되고 뇌에서도 다른 곳은 괜찮은데 하필 생명 유지에 꼭 필요한 기능, 호흡이라든지 체온 조절 같은 부분을 담당하는 부분이 망가져서 생명유지 장치를 떼면 바로 사망할 상태였다. 김영선 씨는 온몸에 전선과 튜브를 연결하고 의식 없이 누워 있는 장성식 씨를 보자 억장이 무너졌다. 내 눈에 피눈물 나게 하고 갔으면 잘 살기나 할 일이지, 겨우 저 꼴이야! 하고 되뇌며 흐느끼는 그녀를 주위 사람들은 측은하게 바라볼 뿐이었다. 그런 상태로 두 달이 지나 가족들도 의료진도 희망을 잃어갈 즈음 유서가 공개되었다. 장성식 씨는 마치 이런 일을 예상이라도 한 것처럼 사고 몇 달 전에 유서를 작성해 변호사에게 맡겨둔 것이었다. 유서에는 얼마 안 되는 재산의 처분 방법과 함께 장기기증에 관한 내용이 포함되어 있었다. 만약 불의의 사고로 사망할 경우 이식 가능한 장기는 모두 필요한 사람을 위해 기증하겠으며, 특히 뇌는 여러 해 동안 김영선 박사와 함께 수행했던 감정 모델 연구를 위해 기증하겠다고 명시되어 있었다.

전혀 예상치 못한 유언에 김영선 씨는 충격을 받았다. 어째서? 생전의 장성식 씨는 인간을 실험대상으로 삼는 것만은 절대 반대였다. 그랬던 그가 무슨 생각으로 자신의 뇌를 기증할 결심을 했는지 이해할 수가 없었다. 김영선 씨는 망설였다. 아무리 필요하다 해도 다른 사람의 것도 아닌, 여러 해 동안 함께 살며 기쁨과 슬픔을 나누었던 사람의 유체를 실험대상으로 다룬다는 것은…… 도저히 내키지 않았다. 그런 김영선 씨에게 고인의 유지를 받드는 것이 좋겠다고 말한 사람은 놀랍게도 장성식 씨의 큰형님이었다.

"성식이 그놈이 뭔 생각을 했는지는 나도 모르요. 근데 그놈 떼쟁이 거 제수씨도 알잖소. 어렸을 때 부모님이 돌아가셔서 그런지 늘 정에 굶주린 것 같아서 짠했지. 그러던 놈이 제수씨 만난 담에는 좀 괜찮더니……. 내가 아들처럼 키운다고 키웠어도 못 해준 게 많네. 그러니까 어차피 틀렸다면 그놈 해달라는 대로 해주소."

장성식 씨의 뇌를 철저히 스캔하여 감정 모델을 구축하는 데는 구 개월이 걸렸다. 김영선 박사는 이번에야말로 그것이 실제 올바르게 반응하는지 확인하기로 결심했다. 그러려면 누군가가 가상두뇌에 직접 접속하는 방법밖에 없었다. 시각, 청각, 촉각 등 감각신경을 가상두뇌와 연결하고 감정을 담당하는 뇌 부위에 직접 칩을 이식하여 가상두뇌에 연동시킨다. 접속자의 감각신경 신호가 가상두뇌의 감정 모델을 통해 처리된 다음 다시 접속자의 뇌로 전달되게끔 하는 것이다. 동시에 기억과 사고를 담당하는 부분은 정상 기능을 유지시켜 나중에 당시 느낀 감정을 기억할 수 있게 한다.

김영선 박사는 스스로 첫 실험대상이 되기로 마음먹었다. 실험자가 자기 몸을 실험대상으로 사용하는 일은 연구윤리상 부적합한 일이었지만, 자신 외에 누가 하겠는가? 다른 사람도 아닌 장성식 씨의 뇌를 가지고 만들어낸 것이니, 첫 실험은 자신이 하는 것이 당연하게 느껴졌다. 게다가 아직 안전성이 확보되지 않은, 어찌 보면 미친 짓이라 할 그런 시도에 다른 사람을 끌어들일 수는 없었다. 그런 이유들에 덧붙여 김영선 박사에게는 한 가지 개인적인 이유가 있었다. 왜 그토록 반대하던 실험을 위해 장성식 씨가 자신을 내주었는지 알고 싶었다. 그가 진정 바란 것이 무엇인지, 만약 감정 모델이 제대로 작동한다면 알 수 있을지도 몰랐다.

드디어 첫 접속을 시도했을 때, 김영선 박사는 머리가 띵하고 불편함을 느꼈다. 그 외에는 특별히 느껴지는 것이 없었다. 감각도 의식도 모두 정상이었다. 뭔가 일어나기를 기다리면서 실험실 천장과 기계들을 쳐다보고 있으려니까 당혹감과 실망감이 스멀스멀 피어올랐다. 뭐야, 이게 다야? 아무것도 안 느껴지잖아. 겨우 이러려고 내가 지금까지 그 고생을 했나……. 김영선 박사는 긴장한 채 지켜보고 있던 보조 연구원에게 손짓해 접속을 차단했다. 그날 밤 실망에 빠진 채 귀가한 김영선 박사는 낮의 실험을 다시 한 번 곰곰이 생각해보았다. 뭐가 잘못됐을까……. 예비 실험에서는 아주 정상적인 반응이 일어났었는데. 퍼뜩 김영선 박사는 이유를 깨달았다. 감정을, 그것도 자기 것이 아닌 감정을 인위적으로 일으키려면 자극이 필요했다. 그것도 듣거나 보았을 때 장성식 씨와 김영선 씨가 전혀 다른 감정을 느낀다는 것을 미리 알고 있는 자극이 필요했다. 그래야 느껴지는 것이 자기 감정인지 그의 감정인지 구별할 수 있을 테니까. 심사숙고 끝에 고른 것은 이육사의 「교목」이었다. 이 모든 일을 시작하게 된 근본 원인이자 두 사람이 갈라진 이유 중 하나가 되었던 바로 그 시.

일주일 뒤 김영선 박사는 두 번째 접속을 시도했다. 눈을 감고 편히 눕자 보조 연구원이 뇌에 심은 칩과 가상두뇌를 연결하고 기본 상태를 점검한 다음, 준비해둔 낭송 테이프를 틀었다. 성우의 장중한 목소리가 방 안에 울려 퍼졌다.

그 시는, 비장했다. 진정으로 비장했다. 왜 그런지 말로 설명할 수는 없지만 그냥 비장하게 느껴졌다. 보조 연구원이 느낌이 어떠냐고 물었을 때 충격 받은 김영선 박사는 평소 놀랐을 때 말버릇대로 입을 열었다.

"오 마이 가……."

그때였다. 자신의 목소리를 들은 순간 뭐라 형언할 수 없는 감정이 솟구쳤다. 재수 없음, 궁금함, 그리고 그 아래 깔린 따뜻한 애정. 김영선 씨는 그것이 남편의 감정임을 알았다. 그 사람은 늘 자신이 오 마이 갓, 하고 과장되게 놀랄 때마다 질색을 했었다. 그런데……그 사람이 내 목소리를 들을 때 이런 마음이었다니. 눈을 감은 채울고 있는 김영선 씨를 보고 놀란 보조 연구원이 접속을 차단했다. 그래도 눈물은 하염없이 멈추지 않았다.

그로부터 몇 달 동안 김영선 박사는 거의 날마다 장성식 씨의 감정 모델에 접속했다. 두 사람과 관련된 물건들을 있는 대로 끌어 모아서는 접속 상태로 보고 읽고 들었다. 솔직히 인정하자면 감정 모델은 아직 완전하지 않았다. 두 사람의 감정이 섞여 어느 것이 누구의 것인지 알 수 없는 경우도 많았다. 하지만 그것은 다른 방법으로는 결코 알 수 없었을 사실들을 알려주었다. 비록 생각이나 기억 자체를 알 수는 없었지만 느껴지는 감정으로 김영선 씨는 장성식 씨가 왜 바람을 피웠고, 왜 반대하던 연구를 위해 자기 뇌를 기증했는지 추측해낼 수 있었다.

그리하여 감정 모델을 통해 타인의 감정을 실제로 체험하는 것이 가능하다는 것을 몸소 확인한 김영선 박사는 이 엄청난 성과를 '가상두뇌를 통한 한시적 감정 공유 시스템'이라 이름 붙여 발표했다. 그러나 아무도 믿지 않았다. 일반인들은 말할 것도 없거니와 뇌신경학자와 정신의학자들도 믿지 않았다. 감정은 직접 느껴보기 전에는 알 수 없는 것이므로 컴퓨터에서 얻은 데이터를 제시해봤자 무의미했다. 믿지 않는 사람을 납득시키려면 직접 접속하게 하는 수밖에 없었는데, 꼭 필요하지도 않은데 위험을 무릅쓰고 뇌에 칩을 꽂을 사람은 없었다. 김영선 박사가 아무리 필사적으로 애써 봐도 감정 공유 시스템은 세상의 인정을 받지 못한 채 사장될 운명인 것처럼 보였다.

하지만 기회는 늘 그렇듯이 우연하게 왔다. 당시 세상을 발칵 뒤집어놓았던 서울 남부 연쇄살인사건을 기억하는가? 무려 17주 동안 매주 월요일 밤마다 골목길을 지나가던 젊은 여성이 폭행당한 후 살해되자 사람들은, 범인은 지능이 높은 성도착자일 거다, 아니다 사회에 불만을 품은 자다, 늦게 싸다니니까 그렇게 된 거다, 어쨌든 간에 여자들은 일찍일찍 다녀야 된다, 그러니까 야한 옷은 입으면 안 된다, 등등 온갖 쓸모없는 구설로 불안감을 해소하려 했다. 대부분의 희생자들이 지극히 평범한 옷차림에 평범한 외모를 하고 있었는데도. 어쨌든 꼬리가 길면 잡힌다는 말은 만고불변의 진리였다. 범행이 계속 성공하자 경계심이 느슨해진 범인은 극적으로 탈출한 열여덟 번째 피해자의 신고로 붙잡혔다. 범인의 유전자 감식 결과 희생자들의 손톱 밑과 입 안에서 나온 것과 일치하자, 오랜만에 빈부와 지역과 세대를 초월하여 거의 모든 국민의 의견이 일치했다. 사형시켜라!

그러나 인권단체, 종교단체, 사형 반대론자들과 일부 변호사들은 반대주장을 폈다. 범인은 불우한 가정환경에서 성장했고 그로 인해 정신상태가 이상해져 사리분별을 할 능력이 없다, 따라서 범인은 정신에 질환이 있는 환자이므로 징벌 이전에 치료의 대상이 되어야 한다는 주장이었다. 실제로 그 주장은 일부 사실이었다. 범죄 당시의 상황을 유사하게 재현한 가상현실을 이용하여 정신감정을 한 결과, 범인은 타인의 고통에 공감하는 능력 자체가 매우 낮았다. 그러므로 그에게는 타인의 고통 100보다도 살인할 때 느끼는 자신의 흥분 1이 더 중요했다. 희생자들의 고통과 공포는 그저 남의 일이었을 뿐, 아무런 동정심이나 죄의식을 느낄 수 없었던 것이다. 마침내 사형이 선고된 후에도 끈질긴 구명운동 때문에 집행이 차일피일 미뤄지는 동안, 범인은 정신의학계와 뇌과학계의 지대한 관심의 대상이 되었다.

김영선 박사에게 그 범인은 흥미로운 존재 이상이었다. 그는 긴 세월 동안 악전고투한 끝에 겨우 현실화 단계에 와 있는 한시적 감정 공유 시스템의 완벽한 피험자가 될 터였다. 김영선 박사는 범인을 피험자로 연구하기 위해 관련기관에 요청서를 제출하고 가능한 연줄을 다 동원해보았지만 모두 거절당했다. 그러다 미디어의 힘을 빌리는 수밖에 없다고 생각한 그녀는 선정성으로 이름 높은 한 사회고발성 시사 프로그램 피디에게 연락을 했다. 한 인간이 이렇게 극악무도한 짓을 저지르고도 진심으로 반성조차 하지 않는다, 아니 하지 못한다. 하지만 이 방법을 쓰면 그 인간이 제가 한 짓이 얼마나 나쁜 짓인지 문자 그대로 정상인처럼 '느끼게' 할 수 있다. 그런데도 머리가 굳은 관계자들이 실험을 허가해주지 않는다, 대충 그런 요지였다. 피디는 김영선 박사의 주장에 마음이 움직였다. 그도 역시 한 인간으로서 범인에게 분노하고 있었고, 덧붙여 김영선 박사의 시도가 성공한다면 엄청난 특종이 될 것이 확실했기 때문이었다. 피디는 기관 관계자들을 움직일 수 있는 것은 여론뿐이라는 것을 알고 있었다. 그리고 여론을 움직이는 데는 희생자들의 호소가 즉효인 법이었다. 그는 열일곱 명의 희생자 유가족들과 열여덟 번째 희생자가 될 뻔했던 이세진 씨에게 인터뷰를 요청했다. 어떤 사람들은 지금까지 입은 상처만으로도 충분하니 모두 잊고 조용히 살고 싶다며 취재를 거부했고, 어떤 사람들은 기꺼이 취재에 응해 슬픔과 고통을 토로하고 범인에게 마땅한 처벌을 내릴 것을 요구했다. 놀랍게도 어떤 사람들은 범인을 용서한다고 말했다. 열여덟 번째 희생자가 될 뻔했지만 유일하게 살아남은 이세진 씨는 아무 말도 하지 않았다. 그때 그녀는 식물인간이 되어 병원에 누워 있었으므로. 대신 김영선 박사를 찾아온 것은 어머니 안미자 씨였다.

어머니와 함께 작은 김밥가게를 운영하는 스물다섯 살의 평범한 여성이었던 이세진 씨는 범행을 당한 후에 목숨은 건졌으나 극심한 공포증을 겪었다. 날카로운 물건은 이쑤시개만 봐도 벌벌 떨었고 사람이 무서워서 길에도 나갈 수가 없었다. 창문과 방문을 모두 잠그고 틀어박혀 있을 때면 범인의 목소리 환청에 시달렸고, 밤마다 악몽을 꾸다 벌떡 일어났다. 친지들은 어떻게든 살아나가야 하니 지난 일은 잊으라고 했고, 정신과 의사들은 괴롭겠지만 현실을 받아들이고 극복해야 한다고 충고했으며, 종교단체에서 온 사람들은 범인을 용서하고 신의 품에서 평안을 찾으라고 권유했다. 그러나 이세진 씨는 잊을 수도, 받아들일 수도, 용서할 수도 없었다. 이세진 씨는 범인의 얼굴 표정을 똑똑히 기억했다. 아무리 애원해도 마치 고무인형을 다루는 듯 눈곱만 한 동정조차 보이지 않던 그 표정을. 인간이 어떻게 그럴 수 있을까. 범인이 체포된 후 몇 달이 지나 사람들이 차차 그 일을 잊어갈 때쯤 첫 번째 공판을 받은 범인이 이송되는 장면이 TV에 방송되었다. 이세진 씨는 여전히 반성은커녕 후회 한 가닥조차 보이지 않는 범인의 무감각한 얼굴을 보고 가슴 밑바닥에서 끓어오르는 분노와 공포로 몸서리를 쳤다. 할 수만 있다면 쫓아가서 그놈을 죽이고 싶었다. 아니, 죽음은 너무 간단했다. 범인에게 자신이 받은 고통을 그대로 되돌려주고 싶었다. 그러나 문밖을 나서는 것조차 두려운 지금 이세진 씨는 아무것도, 정말 아무것도 할 수가 없었다. 용서조차 불가능했다. 용서를 구하지 않는 자를 용서하는 것은 인간 이세진의 능력 밖이었으므로. 결국 이세진 씨는 할 수 있는 유일한 일, 자살을 시도했다. 숨이 넘어가기 직전에 발견되어 살아났지만 장시간 산소 부족으로 이미 뇌사 상태였다. 망연자실한 어머니 안미자 씨에게 사람들은 위로와 동정과 얼마간의 성금을 보냈다. 하지만 안미자 씨 역시 잊을 수도, 받아들일 수도, 용서할 수도 없었다. 그토록 젊고 건강하고 활기찼던 딸이 죽은 사람이나 다름없이 누워 있는 모습을 보며 안미자 씨는 결심했다. 무슨 짓을 해서라도 범인에게 저지른 죄에 합당한 대가를 치르게 하겠다고. 그즈음 피디가 안미자 씨에게 인터뷰 요청을 하지 않았다면 안미자 씨가 구체적으로 무엇을 했을지는 알 수 없다. 그녀는 김영선 박사의 계획에 대해 듣자마자 바로 찾아갔으니까. 필요하다면 자기 딸이 도울 수 있다는 제의에 김영선 박사는 망설였다. 사랑했던 사람을 실험의 대상으로 만든다는 것이 얼마나 고통스러운 일인지 뼈저리게 알고 있었으므로. 그러자 안미자 씨는 딸의 유서를 보여주었다. 고통과 분노와 모멸감과 죄의식으로 가득 찬 마지막 외침을 보고, 김영선 박사는 이세진 씨의 뇌 스캔에 동의했다.

피디의 예상대로 피해자 유가족들의 인터뷰를 담은 르포 프로그램의 효과는 강력했다. 그냥 손 놓고 있지 말고 무슨 조치든 취하라는 여론을 의식한 교정당국은 결국 김영선 박사의 요청을 허가했다. 의외로 범인 자신도 순순히 실험에 동의했다. 어차피 더 잘못될 것도 없었거니와 협조적인 태도를 보여야 감형의 여지가 약간이라도 생길 거라는 변호사의 조언 때문이었다. 열일곱 명이나 되는 무고한 인명을 아무런 죄의식도 없이 살해했으면서 자신은 살고 싶어 한다는 것은 아이러니컬한 일이었다. 어쨌거나 그동안 축적된 경험과 기술 덕에 이세진 씨의 감정 모델을 구축하는 데는 석 달밖에 걸리지 않았다. 수많은 관계자들이 지켜보는 가운데 행해진 실험은 극적이었다. 이세진 씨의 감정 모델에 접속시킨 상태에서 범행 상황을 재현한 가상현실 영상을 보여주자 범인은 몸을 떨기 시작했다. 지난번 정신감정 때에는 똑같은 영상을 보면서도 눈썹 하나 까딱하지 않았던 그가, 와들와들 떨다가 급기야 비명을 질렀다. 황급히 접속을 차단하고 가상현실 헬멧을 벗기자 범인의 얼굴은 눈물범벅이었다.

"어어…… 나는, 내가……."

말도 잇지 못하는 범인을 의무실로 보내고 나자 사람들은 웅성대기 시작했다. 어떤 사람들은 눈앞에서 입증된 감정 공유 시스템의 효과에 깊은 충격을 받았고, 어떤 사람들은 범인이 연기를 한 게 틀림없다고 했다. 심하게는 그가 김영선 박사와 피디와 짜고서 연기를 하고 있다고 의심하는 사람도 있었다. 어떤 추측이 옳았는가 하는 것은 이틀 뒤에 간접적으로 판명되었다. 범인이 독방 창살에

옷 조각으로 목을 맨 것이었다. 난생처음으로 자신이 한 짓이 진정 어떤 것인지 알게 된 그는 죄의식의 무게를 견디지 못했다.

그 사건은 사회적으로 엄청난 반향을 불러일으켰다. 김영선 박사는 찬사와 두려움과 비난을 한 몸에 받았다. 대부분의 사람들이 범인이 마땅한 죗값을 받았다는 데 동의했지만 감정 공유 시스템에 대해서는 놀라움과 두려움을 품었다. 그 실험이 비인간적이었다고 말하는 사람들은 김영선 박사를 남편을 실험대상으로 삼고도 모자라 한 사람을 죽음으로 몰고 간 냉혈한 악녀라고 비난했다. 김영선 박사 자신은 어땠냐고? 그녀 또한 범인의 자살에 책임감을 느끼긴 했지만 실험을 한 것을 후회하지는 않았다. 안미자 씨가 딸의 감정 모델에 접속해서 범인의 죽음을 보도한 TV 뉴스를 보고 어떤 감정을 느꼈는지 말해주었기 때문이다.

"그 앤 안심했어요. 이젠 자기 같은 사람이 더 생기지 않을 테니까."

열화와 같은 대중의 관심과 더불어, 감정 공유 시스템은 정신의학계와 뇌신경학계뿐 아니라 다방면에서 높은 관심을 모았다. 실제로 이세진 씨 사건이 있은 후 김영선 박사에게는 공동연구나 산업화 제안이 쏟아져 들어오기 시작했다. 행정자치부, 과학기술부, 교육인적자원부 등 정부기관, 경찰대, 여러 대학의 심리학과, 정신의학과, IT 계열 기업연구소, 게임 개발업체, 영화 제작사…… 쭉 적으면 광화문에서 이순신 장군 동상까지 이를 만한 목록이 되었을 것이다. 돈과 인력과 지원이 집중되자 감정 공유 시스템의 세부 기술은 놀랄 만큼 빠르게 진보했다. 처음에는 감정 모델이 저장된 가상두뇌에 접속하려면 직접 뇌에 칩을 이식해야 했지만 요즘은 머리칼을 새끼손톱만 하게 네 군데 밀고 두피에 전극을 부착하면 된다. 또 컴퓨터 기능이 폭발적으로 향상된 덕에 12평 원룸만 하던 가상두뇌가 이제는 손가방만 해졌다. 하지만 뭐니뭐니 해도 가장 큰 기술적 발전은 뇌 조직에 큰 해를 주지 않고 초정밀 스캔을 할 수 있게 된 것이다. 덕분에 뇌사자뿐만 아니라 정상인의 뇌 스캔이 가능해지면서 공감 시스템의 적용 범위는 엄청나게 확대되었다. 역지사지. 인류 역사상 처음으로 인간이 타인의 감정을 있는 그대로 느낄 수 있게 된 것이다.

물론 타인의 감정을 있는 그대로 체험한다는 것이 꼭 바람직한 경험만은 아니다. 사회적 물의를 일으킨 몇몇 사건들 후에, 요즘은 가족이나 연인처럼 너무 가까운 사이에 감정을 공유하는 것은 가능한 한 제한되고 있다. 오히려 공감 시스템의 효용은 공적이고 사회적인 방향으로 확대되는 추세다. 비록 초기 적용 사례가 좀 극단적이긴 했지만 조금만 넓게 보면 감정 공유 시스템은 교화와 교육, 그리고 엔터테인먼트 분야에 무한한 가능성을 갖고 있다. 특히 나날이 현실성을 더해가는 가상현실 기술과 적절히 결합된다면 그

파급력은 폭발적일 것이다. 부자는 가난한 사람의 마음을 알 수 있고, 비장애인은 장애인의 마음으로 평소에 느끼지 못했던 각종 불평등과 불편함을 깨달을 수 있을 것이다. 기성세대는 신세대의 마음으로, 신세대는 기성세대의 마음이 되어 평소에 질색하던 힙합 또는 트로트가 얼마나 흥겨운지 체험해볼 수도 있을 것이다. 물론 나도 세상에서 불필요한 오해가 싹 사라져 갑자기 유토피아가 될 것이라고 생각하지는 않는다. 모든 발전에는 양면성이 있는 법이니까. 타인의 감정을 인위적으로 조정할 목적으로 악용될 가능성을 우려해 감정 공유 시스템의 일반화에 반대하는 사람도 많다. 또 감정에도 프라이버시가 있으므로 침해해선 안 된다고 말하는 사람들도 있다. 일리 있는 주장이다. 혼자만의 것으로 간직하고 싶은 감정도 있을 테니까. 뭐, 아직 여러 가지 문제점이 있긴 하지만 모든 도구는 쓰기 나름이다. 원하는 감정만 공유하고, 알리고 싶지 않거나 알고 싶지 않은 감정은 제외할 수도 있다. 접속 상태에서 경험하는 시청각 자극을 미리 합의한 것으로 제한하면 된다. 어쨌거나 앞으로 발생할지 모르는 여러 가지 경우를 대비해 자발적 의사에 의하지 않은 감정 공유를 금지하는 법안이 벌써 국회에 상정되어 있다. 잽싸게 움직이는 걸 보면 국회의원 나리들은 숨기고 싶은 감정이 많은가 보다.

공감 시스템이 우리 사회에 상당한 영향을 끼치게 된 후로 사람들은 자주 내게 묻는다. 왜 그런 일을 하게 되었나, 왜 저런 일을 하지 않았나, 왜 이런 일들을 예상하지 못했나. 그때마다 곰곰이 생각해보았다. 왜 그랬던가 하고. 도대체 어디서부터 시작되었던가. 돌이켜 보면 이 모든 것은 고등학교 시절 시 한 편으로부터 시작되었다. 물론 다른 수많은 원인들이 복합적으로 작용하긴 했지만 어쨌든 시발점은 그것이었다. 장성식 씨의 경우는 좀 달랐다. 여러 해 동안 수없이 그의 감정을 공유해봄으로써 이제 나는 그가 왜 바람을 피웠으며 왜 자기 뇌를 기증했는지 안다. 간단히 말해 그는 삐쳐 있었다. 자기보다 연구를 더 소중히 여기는 것 같은 내게 서운한 나머지 홧김에 가장 소중한 것을 깨뜨려버린 것이다. 단짝에게 딴 친구가 생기니까 삐쳐서 책가방을 몰래 쓰레기통에 갖다 버린 아이처럼. 내내 후회하면서도 자존심 때문에 돌아올 수 없었던 그는 사과의 표시로 내가 가장 원하던 것을 준 것이다. 바보 천치 머저리. 정말로 내가 바란 것은 그런 게 아니었는데. 좀 더 일찍 공감 시스템을 완성했더라면 그 사람도 내 마음을 알 수 있었을 텐데. 그랬더라면……. 이제는 다 부질없는 생각이다.

이 글을 읽고 나면 사람들은 실망할 것이다. 뭔가 더 그럴듯한 것, 숭고한 이상이나 원대한 포부 같은 것을 기대했는데 겨우 그거였다니. 하지만 그리 실망할 것 없다. 우리들 자신도 아주 작은 세포 하나에서 시작되지 않았는가? 비슷하다. 언제나 인간으로 하여금 수많은 장애물을 넘어 한 단계 도약하게 하는 것은 거창한 명분 따위가 아니라, 지극히 사소한 일에서부터 시작되는 개인적인 동기 들이다. 수많은 사람들의 마음을 읽고 깨달은 거니까 믿어도 된다.

이현 ———— ★★

로스웰 주의보

아, 뭔가 전 인류에게 남기는 거창한 글 같은 걸 쓰고 떠나야 할 것 같기는 한데……. 너도 알지? 내가 도무지 그럴 만한 인간이 못 된다는 걸. 지구인 여러분. 네티즌 여러분. 뭐, 이런 말을 갖다 놓고 쓰려니까 도무지 한마디도 안 써지는 거야. 사랑하는 엄마, 아빠? 으, 이건 더해. 그래도 너한테라면 솔직히 털어놓을 수 있을 것 같더라. 딴판이니 뭐니 해도 우리, 일란성 쌍둥이잖아. 그러니 내 싸이에다 너에게 편지를 써서 공개하기로 한 거야. 이 충격적인 동영상까지 첨부해서 말이야.

이렇게 되면, 거창하게 말해서 네가 전 인류의 대표 선수가 되는 셈인가?

아무튼 좋아. 이제 본론으로 들어갈게.

엄마 아빠는 나더러 미쳤다고 하지만 그건, 사실이 아니야. 미친 건 내가 아니라 오히려 엄마 아빠야. 그래, 오빠도 마찬가지겠다. 졸병 생활을 하느라 죽을 맛이라고 하면서도 지난번 첫 휴가 때 그, 뭐더라? 무슨 관리사인지 뭔지 자격증 시험 준비한다고 책 사서 돌아갔잖아. 그러면서 부대 복귀하기 전날 술 취해 들어와서 아빠한테 뭐라고 그랬어? 물려받을 재산도 빽도 없이 사는 게 너무 힘들다고 주정을 하다 결국 얻어터졌잖아. 그뿐이야? 아빠는 또 얼마나 이상해? 회사에서 잘리면 어떡하지, 회사에서 잘리면 어떡하지, 회사에서 잘리면 어떡하지…… 밥을 먹다가도, 잠을 자다가도 쉬지 않고 그러잖아. 편집증 환자 같다니까. 엄마는 또 어떻고? 우리 학원비 때문에 도저히 안 되겠다면서 새삼 취직까지 했잖아. 그 후부터 엄마가 좀 이상해진 거 몰라? 늘 그 이상한 미소를 짓고 있잖아. 불친절 점원으로 찍혔다가는 잘린다고 하니 그 심정도 이해 가지 않는 것은 아니지만 이건 너무 심하잖아. 화를 내면서도 미소를 짓다니, 그게 말이 돼? 지난번에 엄마가 무채를 썰다가 손가락을 벴을 때 생각나? 심지어 피를 흘리면서도 미소는 잃지 않았잖아. 제정신인 사람이 어떻게 그럴 수가 있겠어? 하기야 너도 좀 그렇긴 해. 여름방학 목표가 하루에 네 시간 자는 거라고? 그러고도 불안해서 자다가 삼십 분마다 깼다면서? 우리 쌍둥이의 가장 큰 공통점은 잠이잖아. 근데 너한테 대체 무슨 일이 일어나 버린 거야? 난 너까지 맛이 간 게 아닌지 걱정돼. 오히려 내가 미친 거라고? 그래, 나도 바로 오늘 저녁까지는 그런 생각을 하기도 했어. 고등학교 1학년 1학기 기말고사를 치다 말고 뛰쳐나온 건, 내가 봐도 튀는 행동이긴 했지.

그렇지만 이제 모든 게 밝혀졌어. 미친 건 내가 아니야. 아, 이렇게 얘기하면 내 말을 못 알아듣겠구나. 그래, 처음부터 차근차근 얘기할게.

그날은 내가 우리 집 옥탑방에 틀어박힌 지 한 달째 되던 날이었어. 누가 아빠 새 차를 일부러 긁어놓았다고 난리가 났던 날, 기억나지? 그날도 난 더위와 심심함에 지쳐 축 늘어져 있었어. 장마를 앞둔 때라 얼마나 더웠는지 몰라. 해가 지고서야 겨우 옥상을 어슬렁거리고 다녔지. 그런데 어쩌면! 그 무지막지한 시멘트를 뚫고서 어린 싹이 하나 올라와 있는 거야. 3층 건물 옥상 바닥에, 그것도 시멘트가 깨져 나가 흙이 쌓인 것도 아닌데 말이야. 수면 위로 솟아오른 물풀처럼 그냥 쓰윽, 그 가녀린 몸이 시멘트를 비집고 나온 게 참 기특도 하더라고. 1센티미터쯤 되었으려나? 뾰족하니 선 채 시원찮은 바람에도 한들한들…… 그늘진 곳에서 자란 탓인지 한여름인데도 좀 갈색을 띠고 있더라. 나는 쭈그리고 앉아 그걸 빤히 들여다보았어. 그러다 살그머니 손을 뻗쳤지. 그런데 내 손이 풀잎에 스치려고 하던 바로 그 순간 엄마가 계단 문을 벌컥 열고 들어섰어. 또 입 꼬리를 미소 짓듯 바싹 추켜올린 채 한바탕 잔소리를 늘어놓더라. 그 바람에 나는 그만 기분을 잡쳤더랬어. 가출을 한 것도 아니고 고작 우리 집 옥탑방에 있겠다는데, 강도가 된 것도 아니고 그냥 혼자 좀 있겠다는데, 그걸 그냥 못 봐주고 이렇게 들들 볶다니. 옥상을 우아하게 거닐 맛도 뚝 떨어지더라고. 그래서 옥탑방으로 들어와 벌러덩 드러누웠지. 그러고는 곧 잠이 들었어. 우울할 땐 그저 잠이 최고잖아.

그러다 몇 시쯤이었을까? 12시? 1시? 갑자기 눈을 떴어. 처음엔 더워서 깬 줄 알았어. 하지만 열어둔 방문으로 습기를 머금은 바람이 제법 시원하게 불어 들더라고. 그럼 대체 뭐였지? 나는 얼떨떨한 머리를 긁적이며 일어나 앉았어. 그리고 두 팔을 있는 대로 벌려서 기지개를 켜……려고 하는 순간, 소름이 등골을 초고속으로 훑어 내렸어. 밖에서 뭔가 이상한 소리가 들렸거든. 뭐랄까, 그건 멀리서 믹서가 돌아가는 소리 같기도 했고, 1층 교무실 에어컨 실외기가 얄밉게 돌아가는 소리 같기도 했지. 마음 같아서는 아래층을 향해서 죽어라 비명을 지르고 싶었지. 하지만 그럴 수야 없잖아. 어쩌면 다른 집에서 나는 소리인지도 모르는데, 그랬다간 엄마 아빠 앞에서 내 체면이 뭐가 되겠어? 그러니 일단 조용히 확인부터 해야 할 것 같더라고. 나는 살금살금 방문가로 다가갔어. 다행히 아래층으로 통하는 계단 문이 활짝 열려 있었어. 옥탑방 문에서 계단까지는 겨우 다섯 발자국? 여차하면 뛰어야겠다고 마음먹었지. 그사이 소음은 어느새 들릴 듯 말 듯 낮아져 있었어. 나는 왼 주먹을 잘근잘근 깨물며 문밖으로 살그머니 고개를 내밀었어.

근데, 정말로 옥상에 뭐가 있는 거야. 그래도 나는 뛸 수가 없었어. 아니, 뛰지 않은 건가?

그건 겁에 질린 나를 아예 얼려버릴 만큼 기묘했어. 크기는 한…… 그래, 옥탑방만 했어. 오빠는 이 옥탑방이 코딱지만 하다고 늘 투덜거렸지. 한 평? 두 평? 흐흐. 난 아무래도 숫자에 약해서 말이야. 아무튼 오빠 옷장과 기다란 책상과 책장을 벽에 둘러놓고 나면 어른 셋이 꼭 껴안고 잘 정도는 되겠다. 그치? 그리고 모양은 마치…… 마치…… 우리 학교 앞 분식점의 스테인리스 냉면 사발을 거꾸로 엎어놓은 것 같다고나 할까? 그 요상한 물건을 보고 있으려니 목구멍이 막 죄어드는 것 같더라. 이러다 숨이 막혀버리는 건 아닌가 싶을 정도였어. 나는 억지로 침을 한 번 꼴깍 삼키고 물었어.

"누구세요?"

내 목소리는 정말 작았어. 그것에게 들을 귀가 있다 하더라도 결코 들을 수 없을 정도로. 그런데도 그것은 내 말에 대답이라도 하듯 비유웅— 소리를 내며 반으로 접혔어. 냉면 사발을 세로로 뚝, 반 잘라 겹쳐놓은 것처럼 되었다는 얘기야. 그리고 그것 안에서 누군가가 두웅실— 떠오르더라. 그런 다음 부우웅— 하고 아래로 내려와 우리 옥상에 내려섰지.

"안녕, 지구인."

그가 말했어. 처음에는 열 살 남짓한 남자아이처럼 보였어. 키며 몸집이며 걸음걸이가 딱 그랬거든. 하지만 그가 조금 더 다가왔을 때, 나도 모르게 한마디가 툭 튀어나왔어.

"외계……인?"

모여라 꿈동산이라는 말로도 부족할 만큼 커다란 머리통. 그 얼굴에 걸맞게 크고 불거진 두 눈에다 회색 랩을 몇 겹으로 칭칭 감은 듯 쭈글쭈글한 피부. 게다가 그의 오른쪽 귀 바로 옆에는 조그마한 물고기 한 마리가 둥둥 떠 있었어. 노란 선과 파란 선이 수직으로 교차하는 체크무늬 물고기는 내 핸드폰만 했어. 그런데 그놈이 글쎄, 나를 빤히 쳐다보는 거야. 그 눈빛은 심지어 뭘 봐, 라는 듯 도발적인 느낌마저 주더라고. 이러니 내가 그들의 첫인상을 좋게 느끼기는 어려웠어. 이해 가지? 그런데도 그는 친구 집에 놀러 오기라도 한 것처럼 스스럼없이 옥탑방으로 들어서는 거야. 물고기도 악마의 그것처럼 기다랗고 뾰족한 꼬리를 살랑대며 그의 뒤를 따라왔어.

정말이냐고? 물론 정말이야. 영원한 이별이 될지도 모르는 순간을 앞두고 거짓말이나 농담을 할 리가 없잖아. 그래, 진짜 외계인이었어. 외계인, 다른 행성에서 온 사람 말이야.

그는 헤라클레스자리의 구상성단 M13에 속한 포루칼라리나 항성계의 노할라 행성에서 온 조사관 Q라고 했어. 지구로부터 이만 사천 광년이나 떨어진 행성에서 왔다는 얘기였지. 그렇지만 그가 외계인이라는 사실은 생각만큼 충격적이지 않더라. 그의 외모와 언어는 지극히 외계인스러웠거든. 만약 지구인이라고 했다면 정말 충격을 받았을 거야. 오히려 나를 놀라게 한 것은 그 체크무늬 물고기였어. 그 물고기는 말하자면 일종의 통역기였어. Q가 까라뿌라 꼬라뿌루뿌…… 따위의 정체 모를 소리를 늘어놓을 때면 물고기가 옆에서 입을 빠끔거리며 동시통역을 하더라고. 대체 누구와 눈을 맞추고 이야기해야 할지 물어보고 싶은 심정, 짐작이 가? 하지만 진짜 궁금한 것은 따로 있었어. 그래, 너도 그럴 거야. Q가 대체 왜 하필이면 이 좁아터진 옥탑방에 나타났느냐 하는 것 말이야.

"지구 시간으로 65년 전, 바로 이 하늘 위에서 우리의 우주선과 교신이 끊어졌거든. 아마 추락한 것 같아."

그가 손가락으로 하늘을 가리키며 말했어. 그 바람에 나보다 다섯 배쯤 긴 그의 유일한 손가락이 빨랫줄을 건드렸어. 나는 그 서슬에 떨어져 내리는 양말을 받아 들며 하늘을 올려다보았어. 정말이지 아무런 특징도 찾아볼 수 없는, 시답잖은 밤하늘이었지. 그러니 미심쩍은 목소리로 물을 수밖에 없잖아.

"정말이에요?"

그는 자신 있게 고개를 끄덕였어. 65년 전이라면…… 1947년이잖아. 그때 한국은 한국전쟁을 앞둔 혼란기? 과도기? 아무튼 외계의 우주선이 나타날 분위기는 아니지 않았나? 하지만 저렇게 으리번쩍한 우주선을 타고 나타난 외계인이 거짓말을 할 리는 없어 보였지. 그의 썩은 미소로 보아 농담도 아닌 것 같았고. 나는 그의 이야기를 좀 더 들어보리라 마음먹었어.

"그렇게 오래전에 사라졌는데…… 왜 이제야 왔어요?"

"그동안 수색을 한답시고 뻔질나게 드나들긴 했지. 하지만 무슨 성과가 있어야 말이지. 정부가 하는 일이란 아무튼……. 알지?"

남의 별 사정이야 내가 알 리가 있나. 하지만 조금 알 것 같기는 했어. 나는 고개를 끄덕여주며 다시 물었어.

"바로 여기서 추락했다면서, 왜 못 찾았어요?"

"여기서 교신이 끊어졌지만 추락한 곳은 여기가 아니야."

"그걸 어떻게 알아요?"

"여긴 푸라푸라가 없거든. 영향권인 것 같긴 하지만."

"네?"

하지만 Q는 대꾸도 없이 다시 옥탑방으로 들어갔어. 그러더니 글쎄, 책상에 앉아 오빠 컴퓨터의 전원 버튼을 누르지 뭐겠어? 나는 Q가 처음 나타났을 때만큼이나 놀라서 달려갔어. 너도 알잖아. 그 컴퓨터를 망가뜨렸다간 우주전쟁이 터지고도 남을 거라는 거. 그전에 내가 먼저 사망할 테고. 그러니 나는 모니터를 끌어안듯 막아서며 물었어.

"뭐 하시는 거예요?"

"뭘 하다니? 우주선 꼬로쎄나 호의 흔적을 찾는 거지."

"근데 이…… 컴퓨터는 또 왜요?"

"그럼 어떡해? 무턱대고 나가서 찾을 수도 없고."

Q가 성가시다는 듯 대답했어. 그러더니 글쎄, 하나뿐인 손가락으로 마우스를 끌어 인터넷 익스플로러를 실행시키는 거야. 그뿐이 아니었어. 세상에, 능숙한 독수리 타법으로 주소창에 www.google ……이라고 치는 거 있지?

"컴퓨터…… 할 줄…… 알아요? 구글까지 아는 거예요?"

"내가 바본 줄 알아?"

Q가 내게 쏘아붙였어. 그리고는 페이지 이동 버튼을 클릭하고 나서 의자에 등을 기대며 다시 말했어.

"그 우주선은 푸라푸라를 버릴 곳을 찾고 있던 중이었어. 태양계 정도면 될 줄 알았지. 이 후미진 시골 은하에 생명체가, 그것도 고등생명체가 집단적으로 모여 살 줄은 꿈에도 몰랐어. 그런데 푸라푸라를 실은 채 추락하고 말았으니……. 이 정도 시간이 흘렀으면 이미 꽤 퍼졌을 거야. 우리 포루칼라리나 항성계의 까페리까 행성도 푸라푸라에 오염되어 결국 종말을 맞았는데 이거 참……."

Q의 말을 그대로 믿자면 이건 몹시 심각한 문제였어. 푸들푸들인지 뭔지 때문에 지구의 종말이 다가오고 있다는 얘기였고…… 그렇다면 결국 나까지 덩달아…….

"그럼 이제 어떡해요? 저기, 뭔가 빨리 대책을 세우든지 해야……."

"그 정도는,"

Q가 내 말을 뚝 자르며 입을 열었어.

"내가 알아서 해. 일단 조사부터 해야지 무턱대고 돌아다닌다고 되는 게 아냐. 그래서 다들 그동안 실패한 거지. 그러니 너는 상관 말고 물이나 좀 가져와. 신선한 물을 마신 지 너무 오래됐어. 목이 타는군."

그러자 문득 괘씸하다는 생각이 들더라. 멋대로 남의 집에 들이닥쳐서 어쩜 이리 뻔뻔할까? 건방진 태도에다 이제 명령까지? 여긴 엄연히 내 행성이고 내 나라이고 내 집인데! 여기서 내가 뭐 그리 큰소리 치고 사는 건 아니지만 아무튼 Q에 비하자면 그렇잖아.

"근데 하필 왜 여기서 이래요?"

나는 '여기서'에 커다랗고 시커먼 방점을 찍어 물었어. 그러면 Q가 뜨끔한 얼굴로 좀 기가 죽을 줄 알았지. 미안하다거나, 부탁한다거나, 뭐 그런 이야기를 늘어놓을 줄 알았던 거야. 하지만 Q는 눈도 깜빡 않고 외려 내게 되물었어.

"싫어? 그럼 다른 데로 가고."

나는 그만 움찔하고 입을 다물었지. 뭐랄까, 그건 좀 아쉽더라고. 지난 한 달간 사람다운 사람을 만난 적이 없었으니까. 아, 그게 무슨 소리냐고? 너도 옥탑방에 몇 번이나 올라왔다고? 그래그래. 그럼 이렇게 고쳐 말할게. 지난 한 달간 나를 사람 취급해주는 사람은 처음 만났다고. 할 말 없지? 너도 나를 무슨 별종이나 사이코 취급한 건 사실이잖아. 술에 취해 행패에 가까운 훈계를 늘어놓으러 왔던 아빠도 마찬가지고, 하소연과 잔소리와 엄포를 차례로 늘어놓는 엄마도 물론이지. 그런데 Q는 달랐거든. 넌 대체 뭐가 되려고 그러느냐고 다그치지도 않았고 앞으로 어쩔 셈이냐고 캐묻지도 않았어. 이러다 후회하게 될 거라는 협박도 하지 않았고. Q는 나를 엄연한 지구인으로 대했어. 그냥 한 사람의 지구인 말이야.

게다가 문득 좋은 생각이 떠오르지 뭐겠어? 이 일이 내게 기회가 될지도 모른다 싶더라고. 볼수록 기괴한 외모에다 생각할수록 황당한 일이잖아. 65년 전 추락한 우주선과 정체 모를 위험 성분을 찾아 나선 외계인을 돕는다? 이 경험을 글로 쓰거나 UCC로 올린다면…… 어쩌면 세계적인 유명인사가 될지도 모르잖아. 유튜브에 동영상이 오르고…… 인터뷰가 이어지고 책을 쓰고 영화 판권을 팔고…… 인터뷰를 본 어느 CF감독이 나를 전격 발탁하고……. 뭐, 몇 군데 고치고 다이어트에만 성공하면 나라고 못할 것도 없잖아? 어쨌거나 나에게 쏟아지는 그 모든 비웃음에 정통으로 한 방 날릴 수 있는 기회인 건 분명해 보였어. 나는 슬그머니 말꼬리를 내리며 말했어.

"뭐, 그런 뜻은 아니에요. 저기 물은…… 얼음물이 좋겠죠?"

Q와 나는 그렇게 한 팀이 되었어. 나는 아래층에서 시원한 얼음물을 가져왔고 Q는 인터넷을 들여다보며 인상을 찌푸리고 있었지. 그냥 그렇게 모니터를 노려보기만 하더라고. 나는 책상 아래에 쭈그리고 앉아 Q를 지켜봤지만…… 그렇지만…… 어느새 잠이 들고 말았어.

그리고 다음 날 새벽이었어.

"배가 고픈데."

Q의 한마디에 나는 벌떡 일어나 아래층으로 내려갔지. 뭐든 잘 먹는다고 하니 다행이라는 생각을 하면서 말이야. 그날 현관문을 벌컥 열고 들어서다 독서실에 가려고 나서는 너와 마주쳤던 거, 기억나?

"머리 많이 자랐네?"

너는 내게 그렇게 말했어. 나는 쑥스럽게 웃으며 내 머리칼을 만져보았지. 정말, 그렇더라. 기말고사를 작파하고 뛰쳐나왔던 그날 내 손으로 싹둑! 하늘을 향해 곤두섰던 게 엊그제 같은데 어느 새 머리칼은 많이 순해져 있었어. 그래서인지 나를 바라보는 엄마 아빠의 눈초리는 더 날카로워졌고. 엄마는 내가 스스로 머리를 자르는 걸 보고 식겁해서 나를 강제로 어쩌지 못했던 거잖아. 그러니 머리칼이 자랄수록 나를 만만하게 여겼던 건가? 아빠는 나를 무섭게 노려보다가 입맛이 떨어졌다는 듯 수저를 놓아버렸어. 회사에서 잘리면 어쩌지라고 중얼거리며 양복 재킷을 들고 그대로 나가 버렸지.

엄마가 내게 말했어.

"너, 언제까지 이럴 거야?"

나는 밥과 반찬을 묵묵히 퍼 담았어. 엄마는 포기하지 않고 또 물었어. 한 달 내내 물어도 대답 없는 나였지만 엄마는 나보다 더 집요하더라고.

"엄마, 나는 진짜 지겨워."

결국 내가 비닐봉투에 참외를 주섬주섬 담으며 말했어. 엄마의 집요함에 지쳤던 거냐고? 그렇기도 했지만 그보다는 Q 때문이겠지. Q 생각을 하니 묘한 배짱 같은 게 생기더라고. 학교를 관두고 대체 뭘 할 거냐고 사람들이 물을 때마다 나는 반항 중이라는 듯 입을 다물었지. 그렇지만, 내심은 안 그랬어. 사실 나도 별로 할 말이 없었던 거야. 그런데 이제 할 말이 생긴 거잖아. 누구에게든 당당하게 말할 수 있는 아주 특별한 사건! 남들은 심심하다고 말하기도 민망할 만큼 지루한 나날을 보내는 동안, 나는 범우주적인 교류를 하며 전 지구적인 문제를 해결하고 있다 이거지. 뭐, 내가 직접 해결하는 건 아니지만 그게 그거잖아.

"학교 가고 집에 오고 학교 가고 집에 오고……. 회사 가고 집에 오고 회사 가고 집에 오고……. 생각만으로도 끔찍해. 벌써부터 지겨워. 난 그렇게 살기 싫어."

난 당당하다 못해 시건방진 말투로 얘기했지. 엄마는 말문이 막힌 듯 입을 딱 벌렸지만 잠시 후 또 그 미소 띤 얼굴로 울먹이며 말했어.

"그래. 네 말이 무슨 말인지 알아. 그래도 일단 눈 딱 감자, 응? 그런 건 대학 가서 생각하자고."

"대학 가면 뭐가 달라? 오빠 좀 봐. 공부해서 대학 가고 그래서 결국 뭐야? 군대에서 죽어라 얻어터지면서도 뭐, 자격증 시험 준비를 한다고? 그러다 제대하면 또 취업 시험 준비해야 하잖아. 운 좋아서 취직하면 거기선 뭐, 편한가? 그러다 결혼하면…… 하기야 그 성격에 결혼은 하려나? 아마 연애도 힘들걸? 아무튼 뭐, 다를 게 있어? 칫!"

내 딴에는 날카로운 연설이었지만 우리 엄마가 그 정도로 물러설 리는 없었지.

"지금은 하루하루가 지겹고 길지? 이 시간이 안 끝날 것 같지? 안 그래. 이거, 잠깐이야. 인생은 네 생각처럼 그렇게 마냥 길지 않아. 이렇게 낭비하고 있을 새가 없다고."

"그러게. 그러니까 시간이 아깝다는 거지."

"야, 최가람!"

마침내 엄마가 꽥 소리쳤어. 그러면서도 미소는 잃지 않았지. 그 모습이 얼마나 섬뜩한지 나는 고민 중이라고 둘러대며 다시 옥상으로 내뺐어. 혹시 엄마가 분을 못 이겨 옥상으로 쫓아 올라올까 봐 겁이 나서 아부한 것이기도 했고.

그렇게 일껏 눈칫밥을 얻어 왔는데도 Q는 대뜸 짜증부터 부리는 거 있지?

"왜 이렇게 늦게 오는 거야?"

하지만 나는 범우주적인 사랑으로 웃어 넘겼어. 보아하니 밤사이 건진 게 없는 모양이더라고. 모니터는 여전히 구글 첫 화면을 펼

치고 있었거든. 그래도 먹을 걸 보더니 Q의 표정은 한결 부드러워졌어. 심지어 고맙다는 소리도 하던걸. 체크무늬 물고기도 처음으로 Q의 오른쪽 귀 언저리를 떠나 밥과 반찬을 쩝쩝거리며 먹기 시작했어. 나는 핸드폰을 열어 둘의 모습을 동영상으로 찍었어. Q는 내 촬영에 대해 아무런 반응을 보이지 않았어. 물고기는 말할 것도 없고. 영화에서처럼 화면으로는 아무것도 안 보인다거나 하는 일도 없었어. Q와 물고기의 모습은 그 주름 하나하나까지 생생하게 화면에 담겼어. Q의 푸른 입술 사이로 열무김치가 뭉텅이로 들어가는 것까지 제대로 찍혔지.

"넌 안 먹어?"

삼 인분도 넘어 보이던 밥을 거의 다 먹고서야 Q가 내게 물었어.

"난 좀 있다 먹을 거니까 신경 쓰지 마요. 근데, 인터넷에서는 뭘 좀 찾았어요?"

"일단 좀 자고 나서."

Q가 실업자 같은 얼굴로 말했어. 그리고 티슈로 입가를 닦고는 벌러덩 드러누웠지. 물고기는 Q의 커다란 귓바퀴를 베개 삼아 느긋하게 누웠고, 나는 그 모습까지 동영상으로 찍은 다음 싸이에 올려보았어. 역시, 굉장한 장면들이더라. 나는 일단 동영상을 비공개로 해두고 다시 구글로 돌아갔지.

1947년, UFO.

이렇게 두 단어를 치고 검색을 클릭하자 구글은 기다렸다는 듯 엄청난 자료를 쏟아냈어. 빙고! 뭐 대단한 거라도 찾았느냐고? 물론이지. 나도 그렇게 쉽게 결과를 얻을 줄은 몰랐어. 거의 시시할 정도였지. 그러니 Q는 어땠겠어? 잠이 덜 깬 얼굴로 말을 더듬기까지 하더라고.

"이, 이게…… 어떻게 되, 된 거야?"

나는 Q에게 뭘 이까짓 걸 못 찾아서 그랬느냐고 말해주었지. Q의 회색 피부가 검게 변하더라. 그게 얼굴을 붉힌 건가? 아무튼 Q는 더듬거리며 말했지.

"이런 식의 검색은 하도 오래된 방식이라 익숙지 않아서……."

그 변명의 말꼬리를 붙들고 좀 더 놀려주고 싶기도 했지만 그보다는 으스대고 싶은 마음이 더 컸어. 나는 훑어본 중 가장 정리가 잘 된 기사 하나를 열어 읽었어.

"1947년 미국 뉴멕시코주 공군기지 인근 로스웰 지역 캐스케이드 산 인근 3,000미터 상공에서 시속 2,500킬로미터 이상의 속도로 하늘을 비행하는 유에프오를 목격했다는 비행 조종사의 보고가 있었다. 그 후 미 공군은 로스웰 공군기지 인근에서 비행접시의 잔해를 수거해 정밀 조사를 진행하고 있다는 공식 발표를 내놓았다. 그러나 미 공군은 발표 후 24시간 만에 미확인 비행물체의 정체가 기상 관측용 통신이라는 보도자료를 내놓았다. 하지만 당국의 이 같은 발표에도 불구하고 당시 일부 언론들은 사고 현장에서 외계인 사체 두 구를 봤다는 지역 주민의 말을 인용해 의혹을 제기했다. 어때요?"

Q는 가타부타 말이 없이 모니터만 보고 있었어. 그 기사에는 '비행접시의 잔해'라는 제목이 붙은 사진도 있었어. 딱히 그렇게 보이지는 않았지만 말이야. 그저 커다란 불투명 유리 조각이나 얇은 스테인리스 판 같더라고. 그렇다면 더욱 확실한 증거가 필요한가? 나는 좀 더 최근의 기사를 읽었어.

"당시 미 공군 공보 담당 장교였던 하우트는 2005년 12월 사망했다. 그는 자신이 세상을 떠난 후 공개하라는 유언장을 남겼으며 그의 대리인은 이를 공개했다. 그 내용은 당시 자신은 외계인 사체를 분명 목격했고, 단 한 번도 본 적이 없는 얇은 금속 재질의 비행접시 파편을 관찰했다는 것이었다. 또한 하우트는 이 모든 사실을 미군이 철저히 숨기고 조작했으며 이에는 기지 사령관 등 고위급 관료가 관여했다고 주장했다."

여기까지 읽었지만 Q는 무반응이었어. 조금 김이 새더라고. 그래서 나는 미심쩍어 보이던 동영상을 열었어. 제목은 '로스웰 외계인 해부 동영상'. 정지 상태의 화면 한가운데에는 외계인인지 실리콘 인형인지가 두 눈을 부릅뜨고 누워 있었어. Q는 홀린 듯 모니터 앞으로 다가왔어. 물고기마저 Q의 귓가를 떠나 코를 박을 듯 모니터로 다가가더라고. 나는 슬그머니 일어나 Q에게 의자를 양보했어. Q는 털썩 의자에 앉았지. 나는 얼른 마우스를 끌어 재생 버튼을 클릭했어.

하드락 풍의 기타 연주가 울려 퍼지면서 화면이 움직이기 시작했지. 실험대 위에 누워 있는 외계인은 왼쪽 다리를 크게 다친 상태였어. 글쎄, 어찌 보면 Q와 닮은 듯도 했고 어찌 보면 그렇지 않은 듯도 싶더라. 나는 Q의 얼굴을 훔쳐보았어. 아무래도…… 심상치가 않더라고. 그러는 새 화면에는 우주복 같은 옷을 뒤집어쓴 지구인 두 사람이 등장했어. 그들은 외계인의 몸 여기저기를 눌러보기도 하고 들춰보기도 했어. 그러더니 수술용 가위를 가져와서는 다리의 상처 부분을 헤집어서 피부를 잘라내 비닐에 담는 거야. 웩! Q가 자는 동안에 이미 대충 본 장면이지만 또 봐도 역겨웠어. 그들은 정말 거침없이 시신의 배를 가르더라. 으…… 더는 볼 수가 없더라고. 나는 책상에서 조금 물러나 핸드폰으로 다시 촬영을 시작했어. 모니터 속의 화면과 Q가 같이 들어가도록 각도 조정을 잘해야 했어. 특히 모니터에 코를 박고 있는 물고기의 모습이 인상적이기에 그 모습은 스틸 사진으로 찍기도 했지. 그런데 어느 순간, Q의 입에서 이상한 소리가 새어 나오기 시작했어. 날카로운 쇳조각으로 시멘트를 긁는 듯…… 소름이 끼치는 그런 목소리. 통역을 하는 물고기의 목소리도 드문드문 끊어져 알아듣기가 어려웠어. 하지만 같은 소리를 되풀이하고 있었기 때문에 이내 나도 그 소리를 알아듣게 되었지.

"가…만…두…지… 않…겠…어…"

그들은 이렇게 말하고 있었던 거야. 소름이 쫙 끼쳤지. 딱딱 끊어지는 그 대목 사이로 칼날처럼 섬뜩한 바람이 부는 것 같았어. 뭔가 일이 잘못 되어가는 것 같더라. 갑자기 Q가 무서워졌어. 지난 하루 동안 함께 지낸 그 사람이 아닌 것 같았거든. 나는 주춤 뒤로 한 발자국 물러나며 조심스럽게 물었어.

"저거…… 아니, 저 사람이 진짜 당신 동족이에요? 노할라 행성에서 온 사람인 거예요? 그래서 화가 난……."

하지만 Q와 물고기는 그대로 옥탑방에서 뛰쳐나가 버렸어. 어찌나 빠른지 뭐가 지나갔나 어리둥절할 정도였지. 나는 얼른 옥상으로 달려 나갔어. 우주선은 이미 믹서 돌아가는 소리를 내며 옥상에서 이 미터쯤 떠올라 있었어.

"잠깐만요!"

나는 우주선을 향해 간절하게 외쳤어. 주먹을 불끈 쥐고 목구멍이 갈라지도록 소리쳤지. 그런데도 우주선은 잠시 망설이는 법도 없이 사라져버렸어. 올 때보다 몇 배 더 빠른 속도로, 순식간에, 흔적도 없이.

그다음에 일어난 일은 너도 대충 알 거야.

바로 다음 날 장마가 시작되었지. 나는 옥탑방에 있던 내 짐을 챙겨서 아래층 내 방으로 돌아왔어. 핑계야 비가 샌다는 것이었지만 내 본심은…… 뭐랄까, 더 이상 옥탑방에 머무르고 싶지 않았어. 아니, 머무를 수가 없었던 건가? 거기 그렇게 틀어박혀 있는 게 부질없는 짓이라는 생각이 들더라고. 나 자신이 한심하기도 했어. 길지도 짧지도 않은 내 헤어스타일처럼, 나라는 인간 자체가 코미디인 것 같았지. 로스웰 동영상이 한낱 가십 취급을 받는다면 내 것 역시 다를 게 없잖아. 그런데도 이깟 동영상으로 인생이 어떻게 될 것처럼 흥분한 꼬락서니라니……. 유명세는커녕 망신살이 전국을 휩쓸 일이었어. 그러니 옥탑방에 틀어박혀 있어봤자 뭐 하겠어? 살이나 푹푹 찌는 거지.

"방학 끝날 때까지만 쉬어. 담임선생님께서도 그렇게 양해해주시기로 했으니까."

돌아온 탕아에게 엄마가 말했어. 아빠는 압수해 갔던 핸드폰을 돌려주었고, 너는 학원에서 돌아올 때마다 내 몫의 프린트물을 챙겨다 주었잖아. 기억나지?

나는 개학 날 너랑 똑같은 교복을 입고 제법 손질이 된 머리칼을 휘날리며 학교에 갔어. 가끔 Q 생각이 나지 않았던 건 아니야. 개학 날 교실문을 열고 들어가려니 차라리 그때 Q를 따라갈 걸 그랬나 싶은 생각이 간절하더라. 하지만 그것도 그냥 잠시의 몽상일 뿐이었지. 그래, 나는 고작 한 달 반 만에 평범한 최가람으로 다시 돌아가고 만 거야. 네가 아는 대로 지난 이 주 동안 그렇게 지냈지.

그런데 오늘 저녁 그 뉴스가 모든 걸 뒤집어놓은 거야. 너랑 나랑 엄마랑, 같이 뉴스를 봤잖아. 사과를 먹으면서, 아니 배였나? 아무튼 흔해빠진 뉴스들이었지. 가난한 엄마가 어린 아들을 두고 가출하는 바람에 애가 혼자 굶어 죽었다는 이야기, 어느 초등학생이 공부하기 싫다는 유서를 남기고 자살했다는 이야기, 실직한 후 장사를 하다가 실패해서 사채에 시달리던 남자가 온 가족을 죽이고 자살했다는 이야기……. 뭐, 그나마 밝은 소식이라는 게 기껏, 청와대 대리석 벽 틈새로 새싹이 돋아난 걸 좋은 징조라며 호들갑을 떠는 뉴스였지. 그러다 그 뉴스가 끝날 때쯤 속보가 나오기 시작했어.

"우리 시각으로 오늘 오후, 미국 뉴멕시코주 로스웰 공군기지가 폭격을 당했습니다. 폭격의 규모는 아직 알려지지 않고 있습니다만, 이 사건으로 전 미국이 공포와 충격에 휩싸여 있습니다. 현지에 나가 있는 특파원 연결하겠습니다. 정동진 특파원?"

아나운서가 상기된 목소리로 말했지. 특파원이 철책을 두른 기지 앞에 마이크를 들고 나타났어.

"네, 아직도 연기가 이곳 하늘을 뒤덮고 있습니다. 미군이 접근을 통제하고 있어 피해 규모를 눈으로 확인할 수는 없습니다만, 인근 주민의 말에 따르면 대규모 폭발이 있었다고 합니다. 아시다시피 미국 본토에 대한 군사 공격은 이번이 처음입니다. 지난 9·11 테러 등 테러 공격이 자행된 적은 있지만 폭격기를 이용한 공격이라는 점에서 이번 사건은 매우 충격적입니다."

"네, 정 특파원. 그렇다면 대체 누가 미국 본토에 폭격을 한 것입니까?"

"네. 이것 역시 아직 정확하지는 않습니다. 다만 특이한 점은 폭격이 있기 전 약 한 시간 동안 이곳 로스웰 공군기지 상공에서 반구체 모양의 유에프오를 목격했다는 시민들의 제보가 잇따르고 있었다는 점입니다. 지금까지 유에프오에 대한 목격담은 꾸준히 있어왔지만 이번처럼 많은 사람이 한꺼번에 증언하는 경우는 처음입니다. 더구나 유에프오를 촬영했다는 사진이나 동영상에서 조작의 흔적을 찾기 힘들며, 각자 다른 사람들이 찍은 화면이 모두 일치하고 있어 네티즌들은 흥분하고 있습니다. 심지어 외계인의 지구 침략이라는 소문마저 돌고 있는 상황입니다. 하지만 조금 전 미 당국은 이번 공격이 이란의 과격 테러단체 '용사들'에 의해 자행된 것으로 보이며, 인공위성을 통해 다수의 증거 사진을 확보하고 있다고 발표했습니다. 이란이 핵무기 때문에 미국과 갈등을 빚고 있는 상황을 감안해볼 때, 미 당국의 발표는 매우 신빙성이 있어 보입니다. 따라서 이번 사건이 자칫 전쟁으로 비화되지 않을지 우려스러운 상황입니다."

나는 허둥지둥 내 방으로 돌아가 인터넷에 접속했지. 로스웰에서 찍었다는 사진 속의 유에프오는 분명, Q의 우주선이었어. 폭격은 Q의 짓인 게 확실했고, 그것은 1947년 로스웰에서 벌어진 일들 때문이었지. 달리 말하자면 그건 내가 Q에게 그 모든 자료들을 찾아주었기 때문이라고 할 수도 있었어. 어쩌면 이 때문에 미국과 이란 간에 전쟁이 일어날 수도 있고…… 그러면 한국도 덩달아 끌려들어갈지도 모르고…… 그게 만약 핵전쟁이 된다면? 화가 난 노할라인들이 지구와의 전쟁을 선포한 거라면?

정말이지 머리가 터질 것 같았어. 나는 꼼짝 않고 인터넷 앞에 앉아 있었어. 자정 무렵이 되자 이란 측에서 미국이 자신들을 폭격의 주범으로 모는 것에 강력히 항의한다는 기자회견을 했더라. 미국의 압력에 굴복하느니 전 국민이 죽음을 각오하고 싸우겠다는 소리까지. 보통 때라면 남의 집 불구경이었을 테지만 오늘은 달랐어. 우리 집 앞마당에 핵폭탄이 떨어진 것 같더라고. 불안해서 견딜 수가 없었어. 옥탑방으로라도 도망치고 싶었지. 그리고…… 어쩐지 Q가 다시 내 앞에 나타날 것만 같았어. 이런 일을 벌여놓고 그냥 가지는 않을 것 같았거든. 나는 식구들이 모두 잠든 후 옥상으로 올라갔어.

Q는 정말로 다시 나타났어. 하지만 이번에는 전과 좀 달랐어. 우주선은 착륙하지 않고 옥상에서 2미터쯤 위에 둥둥 떠 있었지. Q는 달에 착륙한 지구인들처럼 우주복을 입고 있었고. 물고기마저도 헬멧을 쓰고 있더라고.

"그렇게 폭격을 하다니…… 전쟁이라도 일으킬 생각이에요?"

"설마."

Q는 어깨를 으쓱했어.

"전쟁 따위는 안 해. 우리는 그 정도로 미개하지 않아. 푸라푸라를 어떻게 해보려고 딴에는 애쓴 거지. 돌아갈 에너지만 남기고 다 퍼부었어. 그래봤자 별수 없다는 걸 알면서도 말이야. 그 거대한 푸라푸라를 보니 나도 모르게 그만……. W와 G의 시신을 되찾은

게 그나마 다행이었지. 그들은 아직도 시신을 지하 벙커 냉동고 속에 넣어두었더라고."

"진짜 푸라푸라가 있었어요?"

Q는 내 얼굴을 말끄러미 보다가 주변을 또 천천히 둘러보았어.

"푸라푸라는 이미 걷잡을 수 없이 커져버린 상태였어. 오죽했으면 우리가 보호 장구까지 하고 있겠어?"

Q가 말했어.

"그게 대체 뭔데 그래요?"

"에너지원. 아주 강력한 에너지원."

"그럼 나쁜 게 아니잖아요."

Q는 고개를 절레절레 저었어.

"처음엔 그냥 에너지 덩어리처럼 보이지. 그걸 이용하면 뭐든 안 될 게 없어 보여. 그렇게 넋을 놓고 있는 사이에…… 푸라푸라는 땅속으로 슬금슬금 촉수를 뻗지. 중심 촉수를 인적이 드문 건물 벽이나 옥상에 박아놓고, 거기서부터 투명하고 가는 촉수를 뻗어서 사람들의 발목을 잡아채. 그런 다음 빨판을 붙이고 에너지를 빨아들이지. 사람들은 빼앗긴 에너지를 채우느라 더 열심히 뛰고 더 죽어라 일하고…… 그럴수록 푸라푸라의 빨판은 더 강하게 에너지를 빨아들여. 그렇게 제 덩치를 키워가지. 그러는 동안 사람들은 점점 미쳐가. 미친 듯이 뛰다가 정말로 미쳐버리는 거야. 그렇게 미친 채 서로 물고 뜯고 싸우다가…… 다 함께 시들어가는 거지. 그렇게 죽어가는 거야. 까페리카 행성도 그렇게 죽은 별이 됐어. 연약한 풀잎처럼 보이지만 그 어떤 것보다 무서운 게 푸라푸라야."

나는 얼빠진 얼굴로 Q를 바라보기만 했어. Q는 그런 내가 자기 말을 못 알아들은 거라고 생각했나 봐. 나한테 다시 묻더라.

"사람들이 미쳐간다는 거, 몰랐어?"

하지만 내 귀에는 그 이야기가 잘 들리지도 않았어. 내 머릿속에는 섬뜩한 영상이 차례로 떠오르고 있었거든. 저무는 햇빛을 머금고 살랑거리던 작은 잎, 청와대의 멋들어진 대리석 벽 틈으로 고개를 내민 작은 잎, 한여름에도 가을인 듯 갈색으로 분위기를 잡던 그…… 푸라푸라?

나는 Q의 손목을 덥석 잡고 옥탑방 뒤편으로 끌고 갔어.

"이거……예요?"

Q는 흠칫 뒤로 한 발 물러섰어. 나는 두 팔로 내 몸을 감싸 안았어. 몸이 떨리기 시작했거든. 촉수가 조금, 자라 있었어. 그리고 바람을 등진 채 끝을 우리 쪽으로 겨누고 있었지. 분명 그랬어. Q는 우주복 주머니에서 볼펜처럼 생긴 물건을 꺼내서는 푸라푸라를 향해 은빛 광선을 쏘았어. 푸라푸라는 광선이 채 닿기도 전에 시멘트 안으로 숨어버렸어. 숨바꼭질을 하는 개구쟁이처럼 쏙, 하고 흔적도 없이. 하지만 금방이라도 다시 나타날 듯이.

"일단 도망쳤지만…… 곧 다시 나타날 거야. 이 짜라뷰 광선은 그저 일시적인 효과가 있을 뿐이거든. 이거 참…… 본의는 아니었지만 지구인들한테는 정말 미안하게 됐네."

"그럼 이제…… 어떡해요? 진짜 아무 방법이 없는 거예요?"

"글쎄, 우리 노할라 사람들이 푸라푸라를 이겨낼 방법을 연구하고 있긴 하지만 아직은……. 아무튼 너한테는…… 정말 고마워. 덕분에 W와 G의 시신을 되찾을 수 있었어. 그래, 잊지 않을게. 난 이만 가야겠어."

"간다……구요?"

"안녕. 지구인."

Q가 말했어. 그러고는 우주선을 향해 팔을 휙 저으며 뭐라고 웅얼거렸어. 우주선이 다시 열렸어. Q는 내게 손을 흔들어 보이고 돌아서서 우주선을 향해 걸었지.

어쩐지 세상에 나 혼자 버려지는 기분이었어. 금방이라도 푸라푸라가 다시 고개를 내밀 것 같았어. 내 다리를 휘감고 복사뼈 밑에 빨판을 붙이고 내 모든 걸 빨아들일 것 같았지. 머릿속이 빙빙 돌더라. 내일부터 푸라푸라가 꿈틀대는 교실로 가야 할 생각을 하니 돌아버리겠더라고. 그래, 그랬던 거야. 모두 미쳐서 그랬던 거야. 그렇지 않았다면 우리 반 애들이 세현이한테 어떻게 그런 짓을 할 수 있었겠어? 세현이라고, 우리 반 왕따라는 애 기억나지? 우리 식구들이 점점 이상해지는 것도 다 이유가 있었던 거야. 이러다 어쩌면 푸라푸라 때문에 미친 사람들이 전쟁까지 또 벌일 판이잖아. 무섭고, 끔찍하고…… 아, 뭐라고 말해도 부족했어. 아무튼 한 가지 사실은 분명했어. 싫었어. 도망치고 싶었어. 난, 미치고 싶지 않았어.
나는 Q의 뒷모습에 대고 소리쳤어.

"잠깐만요!"

Q가 나를 돌아보았어.

"나도 데려가요!"

이게 내가 떠나게 된, 아니 지구를 탈출하게 된 사연이야. 그래도
내가 어디로 가는지 얘기는 해줘야 하잖아. 모두에게 어떤 위험이
닥치고 있는지 알려줘야 하고. 그래서 이렇게 서둘러 싸이에 글을
남기고 있는 거야. 어쩌면 너는 지금 나한테 화가 났을지도 모르겠
다. 식구들을 다 버리고, 인사도 없이 어떻게 혼자 가버릴 수가 있
냐고.

그래, 나도 망설이지 않았던 건 아니야. 식구들과 함께 떠나고 싶
기도 했어. 하지만 우주선에는 단 한 자리밖에 없거든. 포기하고
나도 함께 여기 남을까 생각도 해봤어. 하지만…… 그러고 싶지 않
아. 같이 가자고 해봤자 엄마나 아빠, 심지어 너도 내 말을 안 믿을
것 같고. 얘가 드디어 미쳤다고 오히려 더 난리가 나지 않을까? 그
런데도 무작정 같이 남는 게…… 무슨 의미가 있나 싶네. 내가 떠나
는 게 또 다른 기회가 될지도 모른다는…… 희망 비슷한 걸 품고 있
기도 해. 아니, 이런 얘긴 안 할래. 떠나는 건 그냥 떠나는 거야. 그
래, 난 떠나는 거야.

언니.

처음이자 마지막으로 널 언니라고 불러봤어. 고작 4분 10초 먼저 태어났으면서도 넌 나에게 꼭 언니 소리를 듣고 싶어 했지. 좋아. 이제 열 번이고 백 번이고 그렇게 불러줄게. 그 대신 내 마지막 부탁을 들어줘.

꼭 살아남아. 미치지 말고 제정신인 채로.

Q가 푸라푸라로부터 벗어날 수 있는 방법을 알려주었어. 느릿느릿 일하고 천천히 걸으래. 그럼 조금 나을 수도 있대. 빨리 달릴수록 푸라푸라는 더 강하게 촉수를 휘감으니까, 그러면 점점 더 빨리 미쳐버리게 되니까. 정신 똑바로 차리고 땅을 바라보면서 그렇게 천천히, 느릿느릿. 알았지? 잊지 마. 로스웰, 그곳에 푸라푸라가 있어.

이제 정말 가야 할 시간이야. 이럴 땐 어떻게 인사해야 하는 걸까? 수학여행도 아니고 영어연수도 아니고 하다못해 신혼여행도 아닌 이별. 심지어 죽음도 아닌 그런 이별. 그래, 그냥 이렇게 한마디만 할게. 그게 좋겠어.

안녕.

그럼 이만 모두, 안녕.

정소연

★

비거스렁이

1

"야! 담임이 자습하고 있으래!"

교무실에 갔던 반장이 앞문을 벌컥 열고 들어오며 말했다. 일순 문으로 쏠렸던 시선이 다시 흩어졌다.

"그럴 줄 알았어. 어떻게 담임은 만날 늦냐."

"저래도 안 잘리는 게 신기하지."

투덜거림에 가까운 술렁임의 물결이 나를 피해 한 번 출렁였다.

---

* 비거스렁이 : 비가 갠 뒤에 바람이 불고 시원해지는 일.

나는 고개를 숙인 채 읽고 있던 책의 마지막 문단을 꼼꼼히 다시 읽었다. 누가 책상 끝을 톡 두드렸다.

"어?"

반장이었다.

"담임이 너 교무실로 오래."

짜증이 치밀었다. 의자를 휙 밀어내며 자리에서 일어났지만, 아무도 내 쪽으로 고개를 돌리지 않았다. 나는 홧김에 의자 다리를 한 번 툭 친 다음 뒷문으로 향했다. 내 뒤에서 반장이 목소리를 낮추어 짝에게 묻는 소리가 들렸다.

"그런데 36번 쟤 이름이 뭐더라? 조금 전에 들었는데 또 까먹었다."

나는 짝의 답이 들리지 않게 뒷문을 여며 닫았다.

우리 반 담임은 입학식 후 일주일이 지나서야 나타났다. 나는 입시교사가 번호순으로 앉혀놓은 4분단 맨 구석 자리에 앉아, 한 박자 늦은 담임의 말보다는 어젯밤에 읽다 만 책에 관심을 쏟고 있었다. 나는 수업 시간이나 조회 중에 딴 짓을 하다가 걸리는 경우가 거의 없었다 ―솔직히 말하자면 무엇으로든 주목을 받아본 적이 없었다. 주인공이 막 사막의 끝에 서서 구름 한 점 없는 하늘을 올려다본 순간, 갑자기 책 속에서 확 끌려 나온 듯한 낯선 기분이 들었다. 다른 사람들의 시선이 느껴졌다. 고개를 천천히 들었다. 담임이 조금 놀란 듯한 눈으로 나를 똑바로 바라보았다. 담임의 시선을 따라 반 아이들도 내 쪽으로 고개를 반쯤 돌리고 있었다.

"어…… 왜요?"

담임이 입을 뻐끔거리더니 물었다.

"에, 음, 그러니까, 너 이름이 뭐지?"

출석은 조금 전에 불렀잖아? 나는 익숙하지 않은 아이들의 시선을 불편해하며 중얼거리듯 대답했다.

"36번 홍지영이요."

담임이 교탁에 놓여 있던 출석부를 펼쳐 맨 앞의 사진을 유심히 들여다보더니, 다시 나를 뜯어보았다.

"에, 그래. 조례는 이만하면 되었고, 앞으로 잘 부탁한다. 그리고 너, 지……."

담임이 덮었던 출석부를 다시 열어 재빨리 훑었다.

"지영이는 나 따라오고."

앞문이 닫혔다. 아이들은 담임의 이상한 행동에는 전혀 개의치 않는 듯 다시 수다를 떨기 시작했다. 나는 손가락을 끼워두었던 책장에 메모지를 찔러 넣고, 조용히 일어나 뒷문으로 나갔다.

"어디서 왔니?"

상담실 의자에 나를 앉히자마자 담임이 불쑥 물었다.

"백의중학교요."

"아니, 그게 아니라……."

담임이 머리를 몇 번 흔들더니 다시 나를 빤히 쳐다보았다. 나는 시선에 익숙하지 않았다. 내가 눈을 내리깔자 담임이 후, 하고 한숨을 쉬더니 의자에 몸을 기댔다. 정수리와 어깨를 타고 내려가는 시선이 느껴졌다. 나는 마침내 참지 못하고 어깨를 곧추세웠다.

"선생님이 아는 사람하고 닮았어요?"

담임이 가볍게 고개를 젓고 되물었다.

"계속 이 동네에 살았니? 초등학교는 어디 나왔어?"

"백의초등학교요. 서울에서 5학년 때 전학 왔어요."

어머니가 오빠를 데리고 미국으로 건너간 후 반년쯤 지났을 때였다. 유학에는 생각보다 돈이 많이 들었고, 아버지는 어머니가 바란 대로 서울 집을 팔아 지금 사는 동네에 자리를 잡았다. 이사한 다음 해에 음악으로 유명하다는 어느 사립고등학교에 입학했던 오빠는 이제 '학비는 비싸지만 교수진이 실력 있다'는 대학을 다니고 있었다. 오빠와 어머니는 일 년에 한 번씩 한국에 돌아왔지만, 그럴 때도 작은 방 두 개가 전부인 집으로 들어오지는 않았다.

"알았다. 1교시 시작할 때 되었으니까 일단 들어가 보렴."

내가 교실에 없다 해도 누가 눈치 챌 것 같지 않았지만, 대충 고개를 끄덕이고 일어났다. 문으로 걸어가는데, 담임이 뒤에서 갑자기 불렀다.

"너 말이야—"

문손잡이에 손가락을 끼운 채 뒤돌아보자, 담임이 조금 난처한 얼굴로 머리를 쓸어 넘겼다.

"미안하다. 이름을 잘 못 외워서."

누구나 그랬다. 그래서 이름을 말할 때마다 번호를 대는 것은 나의 오랜 습관이었다.

"36번 홍지영이요."

"그래, 지영아. 6교시 끝나고 자율학습 시간에 교무실로 올래? 학원에 가니?"

"아뇨. 학원 안 다녀요."

"그러면 나중에 보자."

그때부터 담임은 나를 귀찮게 하기 시작했다. 나를 불러내 상담을 한답시고 부모님과 마지막으로 이야기한 적이 언제였는지(아버지와는 지난주 일요일 저녁에 마주쳤고, 어머니는 한 달쯤 전에 전화했었다), 중학교에서는 몇 반이었는지(1-3, 2-6, 3-2), 동아리에 들 생각은 있는지(전혀 없었다), 반 아이들 중에 누구와 친한지(친하네 마네 할 것도 없이, 다들 나를 잘 기억하지 못했다) 따위를 꼬치꼬치 캐물었다. 그리고 내가 눈을 내리깔고 대답하는 내내, 나를 끈질기게 바라보았다. 나는 부모님을 포함해 누구에게서도 이만한 관심을 받은 적이 없었고, 그 상태에 만족하고 있었다. 대체로. 어쨌든 나는 담임의 주목을 받고 싶지 않았다. 내가 나를 기억해주길 바라는 사람은 그녀가 아니었다. 하지만 내 나이쯤 되면 대체로 깨닫게 되듯이, 세상에 단지 바람만으로 이루어지는 일이란 많지 않은 법이다. 그 애는 (다른 아이들과 마찬가지로) 나에게 그다지 관심을 갖지 않았다. 같은 고등학교에 입학해 처음으로 같은 반이 되었을 때는 기뻤지만, 그야말로 그뿐이었다.

지금보다 더 많은 것을 바란 적이 있었다. 내가 다른 사람들의 기억에 남을 만한 사람이기를, 출석을 부를 때나 선생님의 입에 이름이 오르고, 학급비를 걷을 때나 보이는 사람이 아니기를 바란 적이 있었다. 학년이 바뀔 때마다 짝에게서 "어, 진짜? 우리가 작년에 같은 반이었어?"라는 말을 듣는 사람이 아니기를 바란 적이 있었다. 내가 느끼는 위화감을 내가 특별하다는 증거로 여기고자 애쓴 적이 있었다. 그 애가 (내가 그렇듯이) 사실은 나를 보고 있다고 믿으려고 노력하던 때가 있었다. 어머니가 오빠를 위해 그렇게 쉽게 떠나지 않기를 바랐던 적이 있었다. 내가 어디에서든, 누구에게든 좀 더 선명하게 보이는 사람이기를 바란 적이 있었다. 사람들이 가끔 마치 내가 보이지 않는 것처럼 행동하지 않기를 소원한 적이 있었다. 최소한 나의 미약한 존재감에 뭔가 그럴듯한 이유가 있기를 바란 적이 있었다. 인체의 70%는 물이라고 배우고 나서, 사실 내 몸은 85%쯤이 물이라 다른 사람들보다 투명하게 보이는 게 아닐까 상상하기도 했다. 그리고 나처럼 물의 비중이 높아 보통 사람들의 눈에는 보이지 않는 사람들이 어울려 살아가는 세상이 있을지도 모른다는 상상을 했었다. 하지만 당연히 내 신체검사 결과는 매년 정상이었고, 나는 바라지 않는 일에 익숙해졌고, 툭하면 자습을 시키고 어디론가 사라지는 담임이 마침내 내 이름을 기억했다고 해서 달라질 일은 없었다.

이런 생각을 하며 뒷문 앞에 멍하니 서 있는데, 다시 문이 열리더니 한쪽 옆구리에 프린트를 낀 그 애가 나왔다.

"어, 여기서 뭐 해?"

나는 급히 문에서 한 걸음 떨어지며 대답했다.

"담임이 불러서. 현수 너는?"

"아, 나는 이거 생물이 7교시 끝나기 전에 내라고 했거든."

현수가 일단 답을 하고 슬금 내 눈치를 보았다. 내가 재빨리 말했다.

"나는 36번 홍지영이야."

"아 참, 그렇지. 교무실 같이 가자. 같은 중학교 나온 애들 말고는 외우기가 어려워서."

나는 복도를 두어 걸음 걷다 말고, 불쑥 입을 열었다.

"우리 같은 중학교 나왔어."

"진짜? 같은 반이었어?"

"아니, 같은 반은 아니고…… 옆 반."

현수와 나는 초등학교 6학년 때부터 사 년 내내 옆 반이었다.

"그랬나. 에고, 미안."

현수가 시원하게 웃더니 내게 맞춰 걸음을 조금 늦추었다. 현수와 이렇게 가까이 있을 기회는 거의 없었지만, 그렇다고 갑자기 살갑게 얘기할 만한 화제가 생길 리도 없었다. 나는 애써 머릿속을 뒤졌다.

"참, 우리 다음다음 주에 같이 주번이야."

"그래? 너 집 어딘데?"

"백묘동."

"학교 오는 데 시간 좀 걸리겠네. 그럼 아침 일은 내가 할 테니까 수업 끝나고 일지는 네가 갖다 내줄 수 있을까? 주번 하고 나면 학원에 늦을 거 같아서."

"그러지, 뭐."

나는 시선을 피하지도 맞추지도 못하며 애매하게 중얼거렸다. 현수와 나 사이에 텅 빈 정적이 내려앉았다. 어색하지조차 않은 그 고요가 서러웠다. 만약 나도 학원에 다녔다면 현수와 더 친해졌을까? 아침에 일찍 와서 같이 주번 활동을 하면 현수와 친해질 기회가 생길까? 그렇게 쉬울 리가 없었다. 학원에 일주일에 엿새를 같이 다녔다고 해도 현수는 여전히 나를 모르겠지. 다른 사람들과 마찬가지로. 갑자기 울컥 눈물이 날 것 같아, 나는 현수에게 "나 좀 급해서, 먼저 갈게."라고 불쑥 말하고 복도를 뛰기 시작했다.

담임은 등을 곧게 펴고 의자에 빳빳이 앉아 서류를 노려보고 있었다. 연구부장이나 학생부장 같은 직책을 맡지도 않았는데, 담임에게는 늘 서류가 많았다. 요전에는 담임이 맨 밑 서랍을 잠깐 여닫는 모습을 본 적이 있다. 그 서랍에는 저게 뭔지 자기는 다 알려나 싶은 서류철이 잔뜩 들어 있었다.

"왔구나."

내가 다가가자 담임이 서류철을 탁 덮으며 말했다. 담임은 언젠가부터 내 기척을 꽤 잘 알아챘는데, 내가 있어도 있는 줄 모르는 사람들에게 익숙한 나로서는 이것도 불편한 점이었다. 담임이 의자를 돌리는 대신 뒤로 가볍게 밀며 일어나더니, 내 얼굴을 보고 눈썹을 찌푸렸다.

"너 표정이 왜 그러니?"

목에 뭐가 걸린 것 같았다. 나는 침을 힘겹게 삼키고 말했다.

"선생님 저 좀 그만 부르세요. 저 진짜 상담 같은 거 필요 없거든요."

담임이 놀란 듯 입을 조금 벌리더니, 머리를 쓸어 넘겼다. 주위에 버릇없다며 먼저 나서 야단칠 사람은 없었지만, 있었다 해도 상관없었다. 현수가 나를 전혀 기억하지 못한 것에 동요해서였는지, 나는 나답지 않게 선생님을 똑바로 쳐다보고 말했다.

"제가 무슨 문제 일으키는 것도 아닌데 자꾸 오라 가라 하시니까 짜증 나요."

담임이 의자에 도로 앉았다. 가죽의자의 쿠션이 눌리면서 끼익,

하고 기분 나쁜 소리가 났다. 담임은 화를 내는 대신 단발머리를 몇 번 쓸어 넘기더니, 다시 고개를 바로 하고 나를 올려다보았다.

"너는 지금 이대로 좋은 거니."

좋고 말고 할 게 어디 있어요? 꽥 소리를 지르고 싶어졌다. 나는 바라는 일을 이루지 못하는 사람이 나 하나뿐이라고 믿는 어린애가 아니었다. 엄마가 보고 싶다고 밥상머리에서 훌쩍이는 아기도 아니었다. 때때로 거울을 보고 내 존재를 확인해야 한다고 해서, 지난 몇 년 동안 내 생일에도 전화하지 않은 어머니를 두었다고 해서, 내가 좋아하는 아이가 오 년이나 같은 학교를 다닌 나를 알아보지 못한다고 해서, 십 년 동안 학교를 다니면서 내 이름을 제대로 기억하고 불러준 선생은 지금 담임이 처음이라고 해서 딱히 아쉬울 것도 없었다.

"나쁠 건 또 뭐가 있어요?"

담임이 천천히 일어나 내 머리를 쓰다듬었다.

"그래, 많이 힘들었구나."

담임의 손을 피하려 고개를 숙여 비틀자, 교무실 바닥에 뚝, 눈물이 떨어졌다.

2

정연은 세 번째 서랍을 열고 새로 들어온 서류철을 한 뭉치 꺼냈다. 어깨가 뻐근했다. 이쪽 일은 모든 과정이 지나치게 노동집약적이다. 안정화 처리된 문서를 통하지 않으면 언제 혼란이 일어날지 모르는 상황은 이해가 되었지만, 그래도 지영처럼 운 없는 케이스를 만나면 뭔가 다른 방법은 정말 없을까 싶어 마음이 조급해졌다. 지영은 교무실에 서서 눈물을 뚝뚝 떨어뜨리다 갔다. 하다못해 공간만 불일치했다면 지금처럼 힘들지는 않을 텐데, 지영은 실제 나이와 표면 나이도 몇 달 정도 차이가 나는 시공간 동시 불일치 케이스였다. 그러니 존재감이 약할 수밖에 없었다. 열여섯이 될 때까지 버틴 것만도 대단했지만, 이제 서서히 한계에 다다르고 있는 것이 보였다. 희미하게 비치는 지영을 교실에서 처음 보았을 때는 깜짝 놀랐다. 열세 살이 넘도록 자신의 세계가 아닌 곳에서 정체성을 유지하는 사람은 거의 없었다. 대부분은 발견되기 전에 사라졌고, 정연처럼 남은 몇몇 사람들은 더 이상 어디에도 '자신의 세계'를 갖지 않았다.

다른 선생님들은 대개 퇴근하거나 자기 교실에 들어간 늦은 오후였다. 봄비라기에는 늦고 장마라기에는 이른 가느다란 빗줄기가 한적한 교무실 창을 두드리기 시작했다. 정연은 어깨를 몇 번 두드리고 의자를 한 단 낮추었다. 세계의 경계를 통과할 때 특유의, 몸이 흩어졌다가 단단히 뭉치는 듯한 익숙한 느낌이 찾아왔다 사라졌다. 노란 서류철을 꺼내 펼쳤다. 다른 세계의 균형자들이 정연이 지영에게서 지금까지 읽어낸 단서들을 바탕으로 조사한 결과였다. 비동시적 동시성을 띠고 매 순간 각자의 미래로 흩어지는 수많은 세계들 간에는 커피필터의 작은 구멍 같은 틈이 있었다. 균형자들은 마치 우주선 안팎의 기압을 맞추듯이, 지영처럼 틈으로 잘못 빠져 든 사람들을 원래 세계로 돌려보내 세계들 사이의 균형을 유지하는 일을 맡았다. 처음부터 틈에서 태어난 사람들도 있었고 자기 세계를 찾지 못하다가 균형자가 되는 사람들도 있었다.

이번에 들어온 보고서에는 지영의 세계 같은 곳이 두 군데 있었다. 지금까지는 계속 허탕이었다. 그럴듯한 세계를 찾아낼 때마다 지영을 교무실에 불러들여 의자에 앉히고 틈에 끼워보았지만 들어맞는 곳이 없었다. 비슷한 삶이 존재하지 않듯이 비슷한 세계도 존재하지 않았다. 겉으로 어떻게 보이든 실제로 지영에게 딱 맞는 세계는 하나뿐이었다. 지영에게 상황을 설명해서 해결될 문제라면 훨씬 편하겠지만, 다른 세계니 시공간 불일치니 하는 말을 믿어주기를 바라기도 어려울뿐더러, 자기 세계를 스스로 찾아가기란 불가능했다. 틈을 직접 들여다보고 그 세계에 어울리는 조각들을 맞춰나가는 것은 균형자만이 갖는 재능이자 업이었다. 정연은 한숨을 쉬고, 오늘 교무실에 지영이 남기고 간 이(異)세계의 희미한 얼룩을 걷어내 세 번째 서랍에 집어넣었다.

"어제는 잘못했습니다."

울고 간 다음 날이었다. 전날부터 비를 뿌리던 거먹구름이 하늘을 무겁게 덮고 있었다. 정연이 아무 말 않았는데도 먼저 찾아온 지영은 불편한 표정으로 고개를 숙였다. 단발머리가 얼굴선을 타고 희미하게 흩어졌다.

지영의 처지를 생각하면 굳이 사과를 할 일이 아니었다고 생각하면서도, 정연은 기회를 핑계 삼아 사뭇 엄한 표정으로 입을 다문 채 지영을 꼼꼼히 살폈다. 착각이 아니었다. 머리카락 끝이 반투명하게 흐려지고 있었다. 임계점에 다가가고 있는 것이 분명했다.

"어쩌다가 그랬니? 고민이 있으면 선생님한테 말해보렴."

지영이 머리를 반쯤 들고 정연의 눈치를 보았다. 지영의 눈이 순간적으로 사라졌다가 나타나자, 정연은 초조한 마음에 의자에서 일어나 지영을 눌러 앉혔다. 지영이 당황한 표정으로 엉거주춤 엉덩이를 들었다가, 도로 의자에 몸을 묻고 자신 없는 얼굴로 속삭이듯 말했다.

"저도 모르겠어요. 제가 여기에 없는 것 같아요."

굵은 빗줄기가 유리창을 때리기 시작했다. 시야를 내리누르는 습기 때문인지, 누군가에게는 아득한 미래일 과거에 지났던 꼭 저와 같은 회갈색 대기가 기억 속에서 떠올랐다. 정연이 지영 정도 나이이던 시절의 이야기였다. 암모니아 비가 작은 우주선의 창을 스치고 회색 공기층을 갈랐고, 정연은 우주선 밖으로 튕겨 나갈까 두려운 양 안전띠를 두 손으로 움켜쥐고 앉아 있었다. 수많은 세계와 수많은 시간을 통과했던 베테랑 부기장이 정연의 앞에 꿇어앉아 눈높이를 맞추고 입을 열었다. 그는 그보다 훨씬 먼 과거에 생겨났던 틈과 훨씬 먼 미래에 정해진 균형에 관해 이야기했다. 정연은 그의 말을 다 이해하지 못했지만, 그가 가로질렀다던 다른 구름들과 그로부터 흩날리며 떨어지는 색색깔의 빗방울만은 눈앞에 그리듯이 떠올릴 수 있었다. 그래서 정연은 항해가 끝나기 전에 선택했었다. 교복 옷자락을 만지작거리는 지영을 내려다보며, 정연은 마지막 순간까지 기다렸다면 언젠가 그녀의 세계를 찾아낼 수 있었을지 생각하지 않을 수 없었다. 그랬다면 열여섯 살 난 지구인의 존재 개연성에 관한 보고서를 한 장씩 읽으며 지구의 대기를 숨 쉬는 대신 진짜 그녀의 세계에서 현재를 살며 천천히 나이 들어갈 수 있었을까.

등받이에 손을 얹고 첫 번째 세계로 의자를 돌렸다. 비슷하긴 했지만 이번 세계도 달랐다. 정연은 반쯤 선명해지던 지영이 틈 위에서 다시 희미하게 흩어지는 모습을 낙담하여 바라보았다. 시간이 없었다.

"중학교 때요."

의자가 돌아간 바람에 창 쪽으로 시선을 향하게 된 지영이 불쑥 입을 열었다.

"옆 반에 어떤 남자애가 있었어요. 전부터 이름하고 얼굴은 알고 있는 애였거든요. 하루는 집에 가는 길에 우연히 같이 걷게 됐는데, 정말 재밌었어요. 특별한 얘길 하진 않았지만, 같이 웃으면서, 특별히 즐거웠다고 생각했어요. 그런데 다음 날 복도에서 다시 마주쳐서 인사를 했는데, 절 모르더군요. 모르는 척하는 게 아니라 진짜 몰랐어요. 예전에도 그런 일은 종종 있었지만, 그때는 왠지 굉장히 충격을 받아서⋯⋯. 뭐랄까, 제가 잘 보이지 않는 반쪽 사람이라고 확인당한 기분이었어요."

"저는 제대로 여기에 있고 싶어요."

지영의 목소리가 절박해졌다.

"누구나 알아보는 사람이 아니라도 좋으니까, 특별하지 않아도 되니까 최소한 그런 애가 있었다고 기억에라도 남는 사람이 되고 싶어요. 왜 안 될까요? 제 어디가 이상한 거예요? 한 번이라도, 여기가 내 자리라는 느낌을 받고 싶어요. 붕 떠 있는 것 같은, 금방이라도 발밑이 사라질 것 같은 느낌이 너무 싫어요. 제 성격에 문제가 있는 건가요?"

지영이 필사적으로 선명해졌다. 정연은 깊이 숨을 들이쉬고 무릎을 구부려 몸을 낮추었다. 습한 공기에서는 먼지, 분필, 장마의 냄새가 났다. 정연은 지영의 답을 알 수 있었다. 질문을 하지 않아도 되길 간절히 바라며 의자 팔걸이에 힘없이 걸려 있는 지영의 손을 살며시 잡았다.

"네 잘못이 아니었어."

정연이 힘주어 말했다. 지영이 불안한 눈으로 정연을 쳐다보았다.

"하지만—"

정연이 의자를 두 칸 올리고 반 바퀴 돌렸다. 의자에서 달칵, 틈이 벌어지는 소리가 났다. 지영이 흔들리더니 구름 속에서 착륙을 준비하는 빗방울처럼 선명해지기 시작했다. 어떤 사람들은 본 적도 없을 우주 한복판에서 정연이 이처럼 흔들렸던 순간이 있었다. 정연은 잠시, 지영에게 저 틈 너머에 수많은 세계들이 있다고, 지영도 원한다면 그 사이로 아득히 흩어지며 살아갈 수 있다고 말하고 싶었다. 맞지 않는 세계에서 오랫동안 버텨온 지영이 얼마나 대단하고 대견한지 진심으로 칭찬해주고 싶었다. 그러는 대신, 정연은 지영의 눈을 똑바로 바라보고 한 번 더 말했다.

"네 잘못이 아니었어."

그리고 틈이 닫혔다.

3

"이제 좀 괜찮니?"

담임이 걱정스러운 얼굴로 나를 내려다보고 있었다. 나는 눈을 몇 번 깜박이고 담임의 회전의자에서 엉거주춤 일어났다.

"어…… 네."

"어휴, 깜짝 놀랐네. 늦게까지 붙잡고 있어서 미안하다. 피곤하면 말하지 그랬니."

"이런 적은 별로 없는데…… 오늘은 날씨가 나빠서 그런가 봐요."

담임이 어리둥절해하며 창으로 눈을 돌렸다. 구름이 한두 조각 흐르는 청명한 하늘에는 아직 해가 걸려 있었다.

"처서 지나고 나니 훨씬 시원해지지 않았니? 더위를 많이 타는가 보네. 그럼 가보렴. 도와줘서 고맙다."

나는 주춤주춤 인사를 하고 교무실을 나왔다. 몸이 조금 흔들렸다. 날씨 탓은 아닐지 몰라도, 몸이 불편한 것은 사실이었다. 뒷문을 열고 교실에 들어서자, 비어 있을 줄 알았던 교실에서 누군가 일어섰다.

"왔네. 담임이 너 너무 오래 잡고 있어. 종 쳐도 안 오기에 내가 가방 싸놨어. 그리고 휴대폰 놓고 갔었지? 너네 엄마가 전화하셔서 저녁 먹고 들어올 건지 물어보시길래 같이 먹고 갈 것 같다고 말씀드렸어. 영화 상영 시간에 늦겠다. 어서 가자."

현수가 내 책가방을 가볍게 두드리며 말했다. 갑자기 교실 바닥을 단단히 딛고 선 듯한 느낌이 들었다. 나는 나도 모르게 말했다.

"다녀왔어."

현수가 이상하다는 듯이 눈을 가늘게 뜨고 내 얼굴을 살피더니, 내 가방을 어깨에 걸치며 피식 웃었다.

"그래, 어서 와."

21세기의 첫 10대를 위한 새로운 이야기의 세계

박상준

1

이 책은 사실상 국내 최초로 시도되는 청소년 독자 대상의 창작 SF 단편집이다. SF라는 분야는 작가나 독자 모두 장르 고유의 정서와 관습을 전제로 한다는 점에서 접근하기 어렵게 느껴지기도 하는데, 청소년의 경우는 그 이전에 독서 행위 자체에도 친숙해져야 하므로 이들을 독자로 하는 경우에는 더욱 세심한 배려가 필요하다. 과학적 설정과 이야기가 평이하게 결합된 것에 머물러버리면 SF를 과학 계몽의 수단으로 오해할 가능성이 있고, 반면에 진지한 성찰이 깃들지 않은 통속적인 활극담으로 주저앉아도 장르 전체를 폄하할 우려가 크기 때문이다. 때로는 SF 작가 스스로도 이런 인식의 한계를 벗어나지 못하는 경우가 있지만, 이 책은 그런 점을 고려하여 독자들이 SF에 대해 진지한 관점을 가질 수 있도록 작가와 작품 선정에 세심한 주의를 기울였다. 현재 우리나라에서 가장 돋보이는 수준의 SF 창작 역량이 집결되었다고 보아도 큰 무리는 없을 것이다.

또한 이 책은 대상 독자층 못지않게 출간 시점에도 의미심장한 시의성이 있다. 2000년대에 10대를 보내는 청소년들은 그 이전 세대와는 질적으로 다른 환경에서 자라나 생활하기 때문이다. 20세기까지 과학기술은 정적인 요소였지만 21세기부터는 동적인 요소로 탈바꿈했다. 예를 들어 이제 컴퓨터나 휴대폰, 게임기 등은 2~3년마다 한 번씩 업그레이드되는 것이 당연한 사실로 받아들여지고 있지만, 이와 같은 과학기술의 역동성은 20세기 이전의 인류 역사에서는 찾아볼 수 없었다. 이렇듯 늘 변화하는 과학기술을 마치 숨 쉬는 것처럼 당연한 환경으로 여기는 사람들. 지금의 청소년들이야말로 바로 그 첫 세대인 것이다. 이러한 청소년 독자들에게 SF라는 장르는 새로운 시대의 사유를 형성하는 데 결정적인 도움이 될 수 있다. 변화하는 과학기술이 야기할 다양한 미래상의 스펙트럼이야말로 SF가 지난 100여 년 동안 축적시켜온 독보적인 성과이기 때문이다.

2

우리말로 된 과학소설이 처음 선보인 것은 정확히 100년 전으로 거슬러 올라간다. 1907년 재일 유학생들이 펴내던 학술지인 『태극학보』에 「해저여행기담」이라는 작품이 번역 연재되었는데, 바로 프랑스 작가인 쥘 베른(Jules Verne)의 『해저 2만 리』가 원작이었다. 이 작품은 완결되지 못하고 도중에 연재가 중단되었지만, 이듬해에는 신소설의 개척자 중 한 사람인 이해조가 역시 쥘 베른의 작품인 『왕녀의 유산』을 번안하여 '철세계'라는 제목의 단행본으로 출간하였다. 당시 이 책의 앞표지에는 '科學小說(과학소설)'이라는 글자가 큼지막하게 자리 잡고 있었다. 그 뒤 외국 SF 작품의 번역이나 번안은 일제시대로 접어든 뒤에도 간간이 이루어졌지만 국내 작가의 창작물은 거의 눈에 띄지 않는다. 사실은 이 분야의 학문적 연구도 매우 미흡해서 아직까지 우리나라 최초의 창작 과학소설이 무엇인지도 확실하지 않다. 그저 1929년 『신소설』 12월호에 발표된 김동인의 단편 「K박사의 연구」가 아닐까 하는 추정만 존재할 뿐이다.

해방 후 몇 년 지나지 않아 곧 한국전쟁이 발발했고, 그 뒤 60년대와 70년대에도 정치적으로 억압된 사회 분위기가 이어지는 등 이 땅의 질곡의 역사는 과학소설이 제대로 평가받을 기회를 계속

박탈해왔다. 1964년 『현대문학』 9월호에는 당시 경북대에서 명예
문학박사 학위를 받은 영문학자 아서 J. 맥타가트(Arthur J.
McTaggart, 재한 미국공보원장 역임)의 낭독문이 '과학소설의 직능과
역할 — 경고적 유토피아론'이라는 제목으로 실려 있는데, 그 내용
을 보면 SF를 제대로 인식하지 못하고 있는 한국 문학계의 실정에
대한 안타까움이 잘 드러나 있다. 일부를 인용해본다.

그러나 제아무리 서양에서는 책도 많이 나오고 많이 읽히기도
하는 문학이라지만 한국에는 독자도 별로 없고 작가는 거의 없
는 것이 과학소설의 형편이다. (…) 10년 남짓한 동안 한국의 젊
은이들과 접촉하면서 느낀 사실이지만 이상할 정도로 그들은 호
기심이 없었고 그것은 마치 19세기 독일 여성들의 경우에 있어
서처럼 그들의 지적인 한계를 몹시 좁히는 작용을 했다. (…) 그
이유야 어떻든 간에 지극히 세련되고 광범한 독서가를 제외하면
'경고적인 유토피아' 이야기에 친숙한 사람은 없는 것 같다.

맥타가트의 지적 이후에도 우리 문학계에서는 20세기가 저물어
가도록 SF에 대해 진지하게 고찰하거나 창작을 시도하려는 움직임
이 거의 보이지 않았다. 1965년 문윤성의 『완전사회』가 나오기 전
까지는 한낙원 등 아동문학 작가의 창작물들이 존재했을 뿐이다.
SF 기법이 주류 문학계의 관심을 끈 것은 1980년대 후반에 복거일

의 『비명을 찾아서』가 나온 뒤의 일이고, 그 뒤 2000년대에 들어서면서 비로소 SF 장르 자체에 대한 인식과 수용의 관점이 조심스럽게 대두되었다.

3

이 책에는 현재 한국 창작 SF계의 대표적인 작가들이 망라되어 있다. 대부분 90년대 이후 활발하게 출간되었던 SF 번역서들의 직접적인 세례를 받은 세대이며, 2000년대 들어서 등단하였지만 작품을 발표할 지면 자체가 없어서 재능을 묵히고 있던 경우가 많다. 앞으로도 이 책과 같은 시도가 많이 이루어지길 기대할 따름이다.

김보영의 「마지막 늑대」와 듀나의 「가말록의 탈출」은 특별히 청소년 독자를 의식하지 않고 쓴 것으로 보이지만, 오히려 그 점이 SF 장르에 입문하는 독자에게는 호기심을 유발하는 좋은 자극제로 기능할 것이다. 「마지막 늑대」는 용족의 애완동물로 전락해버린 인류의 미래를 다루고 있는데, 이 작품을 꼼꼼히 정독하는 것만으로도 SF 특유의 방법론에 적응할 수 있는 긍정적인 긴장이 유도된다고 할 수 있다. 원래 일반 소설을 읽을 때도 제한적인 정보만 가지고 이야기의 상황과 배경을 유추하기 위해서는 풍부한 상상력이 필요한 법이지만, SF에서는 우리가 속해 있지 않은 시공간으로까지 시야를 확장해야 한다. 이런 시야의 확장이라는 SF의 핵심적인 미덕은 「가말록의 탈출」에서도 계속 향유할 수 있다. 듀나는 개성적인 문체와 발군의 스토리텔링 솜씨로 진작부터 주목받았던 작가로서, 이 작품에서는 구형의 물체만 보면 본능적으로 소유하고픈 욕망에 사로잡히는 외계 생명체 '라두'의 비극적인 운명을 그려내고 있다. 이상 두 작품 모두 설정을 보완하기 위한 군더더기를 과감하게 제거함으로써 독자 스스로 상상력을 발휘할 수 있는 여지를 더 키우고 있다.

박성환의 「잃어버린 개념을 찾아서」는 이 시대 청소년을 위한 유쾌하고 통렬한 풍자이다. '개념'이란 말은 요즘 젊은 세대에서 '예절' '상식'이라는 뜻으로 통용되고 있는데, 이를 반영한 제목부터가 타임캡슐에 보관해도 좋을 법한 시대의 증거로 손색이 없다. 청소년기를 거친 사람이라면 누구나 '어느 날 문득 머리가 좋아진다면 어떻게 될까' 하는 상상을 해본 적이 있게 마련이다. 이런 발상에다 외계인이라는 설정을 결합시켜 때로는 우화처럼, 또 때로는 블랙코미디처럼 풀어내는 일은 보기보다 상당한 구성력을 필요로 하는 고난도의 작업이다. 현실을 통렬하게 풍자하는 것은 원래 SF에서 가장 오래된 형식 중 하나이며, 이 작품 역시 시의 적절한 세련미로 그 전통의 맥을 품고 있다.

천동설과 지동설 사이를 정신없이 오가는 배명훈의 「엄마의 설명력」은 청소년 독자에게는 더할 나위 없이 흥미진진한 한 판의 게

임처럼 다가올 것이다. 꼭 SF가 아니더라도 장차 작가를 지망하는 독자라면 이 작품에서 구사된 여러 가지 흥미로운 기법들을 유심히 뜯어보기 바란다. 이야기를 만드는 행위의 즐거움을 새로운 경지에서 맛볼 수 있을 것이다.

송경아의 「소용돌이」는 형식상 SF보다 판타지에 가깝다고 할 수 있지만, 현대 장르소설에서 둘 간의 경계는 이미 모호해진 지 오래이다. 분류 형식 같은 비본질적인 문제에 얽매이기보다 이야기가 말하고자 하는 바를 포착하는 데 주의를 기울여보자. 현재 학교 현장에 만연한 '왕따' 문제가 새로운 감각으로 다가온다.

이지문의 「개인적 동기」는 SF의 전형성을 잘 살린 이야기이다. 이 작품이 취하고 있는 설정, 즉 인간의 감정을 고스란히 기록하고 다시 타인에게 재생할 수 있는 장치라는 아이디어는 SF계에서 비교적 익숙한 것이지만, 비슷한 발상이 반복되어도 매번 작가가 어떻게 변주했는지 감상하는 즐거움은 각별하다. 기본기를 잘 소화하여 작품에 녹여내는 것은 SF와 같은 장르 작가에게는 반드시 거쳐야 할 수련인데, 이런 면에서 볼 때 「개인적 동기」는 비교적 무난한 솜씨를 보여주고 있다고 할 수 있다.

이현의 「로스웰 주의보」는 장르에 정통한 독자라면 다소 평범하다고 느낄지도 모르겠다. '로스웰 UFO 사건'이라는 소재나 외계인의 묘사 등이 낯익은 편이기 때문이다. 그러나 같은 이유에서 SF에 익숙하지 않은 다른 많은 독자들에게는 부담 없이 다가올 것이다.

복잡한 발상이나 구성에 지레 질리지 않고 편안하게 따라갈 수 있는 서사야말로 독서 그 자체와 친해지려는 청소년 독자에게 필요한 배려라 하겠다. 주인공의 마지막 선택이 현실 도피가 아닌 도전 정신으로 읽히는 부분은 뿌듯한 느낌을 준다. 친숙한 환경을 박차고 과감하게 미지의 세계로 떠난다는 설정 역시 SF에서는 전형적이지만, 이 작품의 마지막 장면은 인간의 원초적인 진취성을 잘 포착하고 있다.

아무도 기억하지 못하는 소녀의 이야기를 다룬 정소연의 「비거스렁이」는 소외나 일탈 같은 청소년의 일상적 정서와도 직접적으로 닿아 있는 은유로서 기품을 지니고 있다. 자칫 설득력이 부족할 수 있는 설정을 섬세한 연출로 형상화해냈는데, 딱딱한 차원 이론이나 시공간 연속체 등의 물리학 용어를 사용하는 대신 감성적으로 접근하여 설정을 이해시키는 힘은 SF에 대한 상당한 공력을 쌓은 뒤라야 가능하다. 실존이라는 정체성을 담담하지만 굳건하게 확인시켜주고 있는 이야기의 구성에도 찬사를 보낸다.

이 책에 수록된 작가 중에는 이미 나름의 입지를 굳힌 작가도 있고 아직 초석을 쌓아가는 작가도 있지만, 모두 패기와 열정이 넘치는 작가정신의 소유자라는 점에서 공통적이다. 특히 SF라는 분야에 대한 연대의식을 대부분 공유하고 있다. 앞으로 우리나라 SF계는 물론이고, 주류 문학계에까지도 신선한 바람을 불러일으킬 수 있는 잠재력들이 충분하다.

청소년을 비롯한 독자 여러분께 당부드리고 싶은 것이 있다면, SF를 그저 일반 소설과는 좀 다른, 신기하고 독특한 이야깃거리로만 보아넘기지는 말아달라는 것이다. SF 작품이 이 세계와 인간에 대해 던지는 근본적 문제의식을 소홀히 여기지 않는다면, SF는 우리의 앞날을 비춰주는 등대가 될 수 있다. 시공간적 시야의 확장이야말로 새로운 시대를 현명하게 살아갈 수 있는 통찰의 가능성을 품고 있기 때문이다.

'창비청소년문학'을 펴내면서

　우리에게는 10대 청소년의 세계를 다룬 본격적인 문학작품이 드뭅니다. 그래서 청소년이 읽는 문학작품은 어른들이 읽는 것과 별다른 차이를 보이지 않습니다. 출판사에서 청소년에게 읽히고자 펴낸 문학작품 중에는 이른바 대표작가의 대표명작을 모은 선집들이 무척 많습니다. 인류의 문화유산으로서 전수되는 뛰어난 고전과 현대의 창작물을 청소년이 자기 것으로 만드는 일은 자연스럽고 또 바람직합니다. 문제는 그것들이 대개 입시를 겨냥한 수업의 연장선상에서 읽힌다는 점입니다. 더욱이 초등학교 시절에 동화책을 읽던 아이들이 그다음 단계에서 성인문학의 세계로 곧장 비약하게 됨에 따라 놓치는 것이 적지 않습니다. 청소년 고유의 감수성이라든지 청소년기에 직면하는 문제 등 작품과 대화를 나눌 수 있는 요소가 많지 않다면, 문학작품을 읽는 일은 점점 자기 삶과 무관한 요식행위처럼 되기 쉽습니다. 동화책에 푹 빠져서 책 읽기를 좋아하던 아이들이 나이를 먹어가면서 문학의 매력을 느끼지 못하고 즐거운 책 읽기에서 멀어지는 까닭 중 하나가 여기에 있다고 봅니다.

이런 사정을 염두에 두고 우리는 '창비청소년문학'을 새롭게 시작하려고 합니다. 그 핵심은 세상에 대한 자각을 높이고 성장의 의미를 함축한 뛰어난 문학작품입니다. '지금 여기'의 청소년과 공감대를 넓힐 수 있는 새로운 감수성과 문제의식을 충실하게 담아 즐겁고도 의미 있는 책 읽기가 되도록 힘쓸 생각입니다. 최근 청소년문학의 중요성이 새롭게 인식되면서 의욕을 보이는 작가들이 속속 모습을 드러내고 있습니다만, 양적으로나 질적으로나 아직 충분치 않을뿐더러 마땅한 청소년문학의 모범이 없어 작가들도 어려움을 겪는다고 합니다. 청소년문학이 아동문학과 성인문학 양쪽에서 소외되어 자기 정체성을 확립하지 못한 채 표류하는 현상은 마치 경계의 존재라 하여 주변부로 밀려난 청소년의 현재 모습을 떠올려주는 것이겠습니다. 우리는 '지금 여기'의 청소년을 뚜렷이 의식하되 현대 세계문학의 다양한 흐름을 적극적으로 받아 안으면서 새로운 도전에 나서고자 합니다. 장르와 영역을 넓히는 국내 창작물과 외국작품의 소개는 물론이고, 참신한 시각으로 재구성한 숨은 작품들과 창의적인 기획물의 모색 등이 여기에 포함될 것입니다. 새 길을 여는 '창비청소년문학'에 많은 관심을 부탁드립니다.

2007년 5월
창비청소년문학 기획편집위원회

창비청소년문학 5

잃어버린 개념을 찾아서
10대를 위한 SF 단편집

초판 1쇄 발행 • 2007년 11월 16일
초판 16쇄 발행 • 2022년 11월 11일

지은이 • 김보영 듀나 박성환 배명훈 송경아 이지문 이현 정소연
엮은이 • 박상준
펴낸이 • 강일우
책임편집 • 이지영
펴낸곳 • (주)창비
등록 • 1986년 8월 5일 제85호
주소 • 10881 경기도 파주시 회동길 184
전화 • 031-955-3333
팩시밀리 • 영업 031-955-3399 편집 031-955-3400
홈페이지 • www.changbi.com
전자우편 • ya@changbi.com

ⓒ 김보영 외 7인 2007
ISBN 978-89-364-5605-4 43810